Ernest Hemingway

Cinquante mille dollars

Traduit de l'anglais
par Ott de Weymer

Gallimard

Cinquante mille dollars

— Et toi, Jack, ça va? lui répondis-je.

— Tu l'as vu, le Walcott? dit-il.

— Oui. J'arrive de la salle.

— Eh ben, dit Jack, je crois qu'il va m'en falloir de la veine avec ce gars-là.

— Il ne te touchera même pas, Jack, intervint Soldier.

— C'est toi qui le dis.

— Avec une poignée de petit plomb, il ne te toucherait pas.

— S'il ne s'agissait que de petit plomb! dit Jack. Je me foutrais bien du petit plomb.

— Mais lui n'a pas l'air difficile à toucher, dis-je.

— Oh! non, dit Jack. Il ne tiendra pas longtemps. Il ne tiendra pas comme toi ou comme moi, Jerry. Mais pour le moment il a tout ce qu'il faut.

— Vas-y de ton gauche tant que tu pourras.

— Je tâcherai, dit Jack. Évidemment, j'ai ma chance...

— Mène-le comme t'as mené Kid Lewis.

— Kid Lewis, dit Jack. Ce youpin!

Tous les trois, Jack Brennan, Soldier Bartlett

et moi, nous étions chez *Handley's*. Deux ou trois
poules étaient assises à la table à côté de la nôtre
et elles avaient l'air d'avoir siroté.

— Youpin! qu'est-ce que tu baves, dit l'une
d'elles. Youpin! qu'est-ce que tu baves, espèce
de sale Irlandais?

— Oui, dit Jack, t'as raison.

— Youpins! reprend la poule. Ils sont toujours
à parler de youpins, ces espèces d'Irlandais-là.
Qu'est-ce que tu baves avec ton « youpin »?

— En route, dit Jack. Allons-nous-en d'ici.

— Youpins! continue l'autre. Qui est-ce qui
t'a vu payer une tournée? Ta femme te coud les
poches tous les matins. Ces Irlandais et leurs youpins! Ted Lewis aurait pu te flanquer une pile lui
aussi, va.

— Mais oui, dit Jack. Et toi tu donnes tout à
l'œil, hein?

Et on sortit. C'est comme ça que Jack était. Il
disait ce qu'il voulait quand il voulait.

Deux semaines après, Jack commença de s'entraîner au camp de Danny Hogan, une ferme
perdue dans l'État de Jersey. On n'était pas mal
là-bas, mais Jack ne s'y amusait guère. Ça l'en-
nuyait d'être séparé de sa femme et de ses gosses
et la moitié du temps il était de mauvaise humeur
et grognait. Je ne lui déplaisais pas et on s'entendait bien, nous deux. Hogan non plus ne lui dé-
plaisait pas. Mais après quelque temps Soldier
Bartlett commença de lui porter sur les nerfs. Les
taquins finissent par devenir insupportables dans
un camp si leurs boniments tournent à la mou-
tarde. Soldier était toujours après Jack et l'em-

bêtait du matin au soir. Ça n'était ni très drôle
ni très fort et ça finissait par agacer Jack. Voilà
quel genre de blague c'était : si Jack s'arrêtait
par exemple de faire des haltères et du sac pour
mettre les gants et demandait à Soldier : « Tu
veux y faire ? » l'autre répondait : « Bien sûr que
oui. Et comment veux-tu que j'y fasse ? Que je
cogne dur comme Walcott ? Que je t'envoie sur
le carreau pour voir ? » Jack répondait : « Tout
juste. » Mais ça ne lui plaisait qu'à moitié.

Un matin qu'on était dehors, après s'être assez
éloigné on prit le chemin du retour. Pendant trois
minutes on courait, puis pendant une minute on
marchait, et puis on se remettait à courir pendant
trois minutes. Jack n'a jamais été ce qu'on appelle un sprinter. Entre les cordes, il est assez
leste quand il le faut, mais sur la route il n'y a
rien de trop. Aussi, chaque fois qu'on reprenait
le pas, Soldier se moquait de lui.

Quand on arriva en haut de la colline, Jack
s'arrêta devant la ferme et lui dit :

— Je crois que tu ferais mieux de retourner à
New York, Soldier.

— Qu'est-ce que tu veux dire ?

— Que tu ferais mieux de retourner à New
York et d'y rester.

— Qu'est-ce qui te prends ?

— J'ai soupé de tes boniments.

— Oui ?

— Oui.

— T'en auras encore bien plus marre quand
tu sortiras des pattes de Walcott, dit Soldier.

— Possible, dit Jack. C'est possible. Mais pour
l'instant, c'est de toi que j'ai marre.

Et le même matin, Soldier reprit le train pour
New York. J'allai l'accompagner à la gare. Il
l'avait plutôt amère.

— C'était histoire de blaguer, me répétait-il sur le
quai. Il n'aurait pas dû me traiter comme ça, Jerry.

— Il est énervé et ça le met en rogne, dis-je.
Autrement c'est un bon type, Soldier.

— Mon œil. Mon œil que c'est un bon type.

— Enfin, dis-je, au revoir, Soldier.

Le train venait d'arriver. Il escalada le marche-
pied, sa valise à la main.

— Salut, Jerry, dit-il. Viendras-tu à New
York avant le match ?

— Je ne crois pas.

— Alors on se verra à ce moment-là.

Il rentra dans le wagon. Le chef de train fit un
geste du bras et le convoi s'ébranla et disparut.
Je revins à la ferme dans la carriole et trouvai
Jack sous le porche en train d'écrire une lettre à
sa femme. Le courrier étant arrivé, je pris les journaux et allai m'asseoir de l'autre côté du porche.

Hogan ouvrit la porte et s'approcha.

— Il s'est engueulé avec Soldier ? me demanda-
t-il.

— Pas engueulé. Il lui a simplement dit de
retourner à New York.

— Je voyais venir ça, dit Hogan. Il n'a jamais
beaucoup aimé Soldier.

— Non. Il n'aime pas grand monde.

— C'est un type plutôt froid.

— Peut-être. Avec moi, il a toujours été chic.

— Avec moi aussi, dit Hogan. Je n'ai rien à
dire. Mais c'est un type froid, y a pas.

Il sortit par la porte grillagée, et moi je restai
sous le porche à lire mes journaux. L'automne
venait juste de commencer, et à Jersey la cam-

pagne est jolie sur les collines. Mon journal fini,
je regardai la campagne, avec la route tout en bas
qui court le long des bois et les autos qui passent
dessus en soulevant la poussière. C'était une belle
journée et on avait plaisir à regarder devant soi.
Hogan étant revenu sur le pas de la porte, je me
tournai vers lui :

— Dis donc, Hogan, est-ce qu'il y a du gibier
par ici ?

— Non, répondit-il. Des moineaux, c'est tout.

— T'as lu les journaux ? repris-je.

— Qu'est-ce qu'il y a de neuf ?

— Sande a monté trois gagnants, hier.

— Je l'ai su hier soir par téléphone.

— Tu suis ça de près, hein ?

— Oh! je me tiens au courant, répondit Hogan.

— Et Jack ? dis-je. Il y joue toujours ?

— Lui ? Tu le vois en train de jouer !

Sur ces mots, Jack apparaît, sa lettre à la
main. Il est vêtu d'un chandail, d'un vieux pantalon et il a aux pieds de vieux chaussons de boxe.

— As-tu un timbre, Hogan ? demande-t-il.

— Donne ta lettre, dit Hogan. Je la mettrai à
la boîte.

— Dis donc, Jack, fis-je. Tu ne jouais pas aux
courses dans le temps ?

— Tu parles.

— Il me semblait bien. Il me semblait bien
qu'on se rencontrait à Sheepshead.

— Pourquoi que t'as lâché ? demande Hogan.

— J'ai perdu de la galette.

Il s'assied par terre à côté de moi. Il s'appuie
contre une colonne du porche, en plein soleil, et
ferme les yeux.

— Une chaise ? propose Hogan.

— Non, dit Jack. Ça va comme ça.

— Quelle chic journée! dis-je. On est rudement bien à la campagne.

— J'aimerais pourtant mieux être à New York avec ma femme.

— Bah! plus qu'une semaine à passer.

— Oui, dit Jack. C'est vrai.

Hogan retourne au bureau, et nous restons là, Jack et moi, assis sous le porche.

— Qu'est-ce que tu penses de ma forme? me demande-t-il.

— Ben... on ne peut rien dire. Tu as encore une semaine, pour te mettre en forme.

— Me bourre pas le crâne.

— Ben... dis-je, tu n'es pas tout à fait à point, voilà.

— Je ne dors pas, dit Jack.

— Tu seras à point dans un jour ou deux.

— Non, dit Jack, C'est de l'insomnie.

— Qu'est-ce qui te tracasse?

— Ma femme me manque.

— Fais-la venir ici.

— Tu rigoles. Un vieux singe comme moi!

— Si on faisait une bonne balade avant de se coucher pour t'éreinter comme il faut?

— Éreinter? dit Jack. Je le suis tout le temps, éreinté.

Toute la semaine, il fut de cette humeur-là. Il ne dormait pas la nuit et il se levait le matin en se sentant comme ça, vous savez, si crispé qu'on ne peut pas même refermer ses mains.

— Il est mou comme une chique, dit Hogan. Il est à plat.

— Je n'ai jamais vu matcher Walcott, dis-je.

— Walcott le tuera, dit Hogan. Il le mettra en marmelade.

— Eh, dis-je, il faut bien que tout le monde y passe, à un moment ou à un autre.

— Pas comme ça tout de même, dit Hogan. Jamais on ne va croire qu'il s'est entraîné. Quel effet ça fera-t-il pour le camp ?

— Tu sais ce que les journaux disent de lui ?

— Si je le sais ! Ils disent qu'il ne vaut rien, qu'on ne devrait pas même le laisser se battre.

— Alors ? dis-je. Comme ils se trompent toujours, pas vrai ?...

— Oui, dit Hogan. Mais cette fois ils ont raison.

— Comment peuvent-ils savoir, bon Dieu, si un type est en forme, ou non ?

— Eh, dit Hogan. Ils ne sont pas si bêtes que ça.

— Tout ce qu'ils ont fait c'est d'envoyer Willard à Toledo. Ce Lardner, qui fait tellement le malin aujourd'hui, parle-lui donc du temps où il envoyait Willard à Toledo.

— Oh ! lui, il n'est pas venu ici, dit Hogan. Il ne s'occupe que des grands matches.

— Je me fiche d'eux tous, dis-je. Qu'est-ce qu'ils y connaissent, bon Dieu ! Possible qu'ils sachent écrire, mais qu'est-ce qu'ils y connaissent ?

— Tu ne penses tout de même pas que Jack soit en forme ? me demanda Hogan.

— Non. Il est fini. Tout ce qui lui manque pour être bien foutu, c'est que Corbett le donne gagnant.

— Eh bien, Corbett le donnera gagnant, dit Hogan.

— Sûrement qu'il le donnera.

Cette nuit-là, Jack ne dormit pas plus que les autres. Le lendemain, après le petit déjeuner, nous étions tous les deux sous le porche. C'était le dernier jour avant le match.

— A quoi que tu penses, Jack, lui dis-je, quand tu ne dors pas?

— Je me fais de la bile, dit Jack. A cause des valeurs que j'ai dans le Bronx. A cause des valeurs que j'ai en Floride. Je me fais de la bile à cause des gosses. Je me fais de la bile à cause de ma femme. Quelquefois je pense à des matches. Je pense à ce youpin de Ted Lewis, et ça me met en rogne. J'ai des valeurs et ça aussi ça me fait faire de la bile. A quoi diable est-ce que je ne pense pas?

— Bah! dis-je, demain soir tout sera fini.

— C'est vrai, dit Jack. Ça fait toujours prendre patience de se dire ça, hein? Ça remet tout en place, hein?

Toute la journée il fut mal fichu et on ne travailla pas. Il se donna juste un peu d'exercice pour se déraidir. Il boxa son ombre pendant quelques rounds; et même à ça il n'avait pas bonne allure. Il sauta à la corde.

Il ne suait pas.

— Il ferait mieux de ne rien faire du tout, dit Hogan.

Nous étions tous les deux debout côte à côte et en train de le regarder sauter.

— Il ne sue donc jamais? reprit Hogan.

— Il ne peut pas.

— Crois-tu qu'il est poitrinaire? Il n'a jamais eu de mal à faire le poids, hein?

— Non, il n'est pas poitrinaire. Seulement il n'a plus rien dans le ventre, voilà.

— Faudrait qu'il sue, dit Hogan.

Jack s'approcha, en sautant à la corde. Il nous faisait face et sautait, de haut en bas, en avant et en arrière, croisant ses bras tous les trois tours.

— Eh bien, dit-il. De quoi parlez-vous, les corbeaux ?

— Je lui disais que tu devrais t'arrêter, dit Hogan. Tu vas te surentraîner.

— Quelle catastrophe, hein ? dit Jack qui s'éloigne en sautant et en faisant claquer la corde sur le plancher.

Cet après-midi-là, Jack était couché dans sa chambre quand John Collins vint en auto de New York pour nous voir. Il était avec deux amis. La voiture s'arrête devant la ferme, et tout le monde descend.

— Où est Jack ? me demande John.

— Dans sa chambre, couché.

— Couché ?

— Oui, dis-je.

— Comment va-t-il ? dit John.

Je jette un coup d'œil du côté des deux autres types.

— Ce sont des amis à lui, dit John.

— Il va plutôt mal, dis-je.

— Qu'est-ce qui cloche ?

— Il ne dort pas.

— Eh ! bon Dieu, dit John, jamais ce bougre d'Irlandais n'a été fichu de dormir.

— Il ne va pas bien.

— Eh ! bon Dieu, dit John, il est toujours comme ça. Voilà dix ans que je m'occupe de lui et je ne l'ai jamais vu d'aplomb.

Les deux autres types se mettent à rire.

— Je te présente M. Morgan et M. Steinfelt, dit John.

Puis, me désignant :

— M. Doyle. C'est lui qui a entraîné Jack.

— Enchanté, fais-je.

— Si on montait voir le gaillard ? propose le type au nom de Morgan.

— C'est ça, allons le voir, dit Steinfelt.

Et nous montons tous.

— Où est Hogan ? dit John.

— Dans la grange, avec ses deux pensionnaires.

— Il a beaucoup de monde en ce moment ? demande John.

— Rien que ces deux-là.

— C'est plutôt calme, hein ? dit Morgan.

— Oui, dis-je, c'est plutôt calme.

On arrive devant la porte de Jack. John frappe sans recevoir de réponse.

— Peut-être qu'il dort, dis-je.

— Eh ! bon Dieu, pourquoi dormirait-il quand il fait jour ?

Il tourne le bouton de la porte et on entre tous. Jack est allongé sur le lit, et il dort, à plat ventre, la figure dans l'oreiller qu'il entoure de ses deux bras.

— Hé ! Jack ! fait John.

La tête de Jack bouge un peu.

— Jack ! répète John en se penchant vers lui.

Jack s'enfonce un peu plus dans l'oreiller. John lui touche l'épaule. Jack se retourne, s'assoit et nous regarde. Il n'est pas rasé et il est vêtu de son vieux chandail.

— Seigneur ! on ne peut donc pas me laisser dormir ! s'écrie-t-il.

— Ne te fâche pas, dit John. Je ne voulais pas te réveiller.

— Mais non, dit Jack. C'est un rêve...

— Tu connais Morgan et Steinfelt, dit John.

— Heureux de vous voir, dit Jack.

— Comment ça va, Jack ? lui demande Morgan.

— Bien, dit Jack. Comment voulez-vous que ça aille ?

— Tu as bonne mine, dit Steinfelt.

— N'est-ce pas ? dit Jack.

Et se tournant vers John :

— Est-ce que t'es mon manager, oui ou non ? crie-t-il. Tu touches une assez belle part du gâteau. Pourquoi n'es-tu pas ici quand les journalistes y viennent ? Tu veux que ce soit Jerry qui leur parle ? ou moi ?

— J'avais le match de Lew à Philadelphie, dit John.

— Qu'est-ce que tu veux que ça me fasse, cré bon Dieu ! s'écrie Jack. Est-ce que t'es mon manager, oui ou non ? Tu touches assez de pognon comme ça, hein ? C'était pas pour me gagner de l'argent que t'étais à Philadelphie, hein ? Pourquoi n'es-tu pas ici, cré bon Dieu, quand on a besoin de toi ?

— T'avais Hogan.

— Hogan ! dit Jack, il est aussi gourde que moi.

— Soldier Bartlett est venu un moment travailler avec vous, n'est-ce pas ? dit Steinfelt pour changer la conversation.

— Oui, il est venu, dit Jack. Je te crois qu'il est venu.

— Dis donc, Jerry, me dit John. Tu ne voudrais pas aller voir Hogan et lui dire de monter ici dans une demi-heure ?

— Mais si, dis-je.

— Pourquoi qu'il ne resterait pas avec nous, cré bon Dieu ? dit Jack. Reste ici, Jerry.

Morgan et Steinfelt se regardent.

— Calme-toi, Jack, lui dit John.

— Vaut mieux que je descende chercher Hogan, dis-je.

— Si tu veux t'en aller, c'est bon, dit Jack. Mais faut pas que ce soit ces types-là qui te fassent partir, tu sais.

— Je descends chercher Hogan, dis-je.

Je trouvai Hogan au gymnase, dans la grange. Ses deux pensionnaires étaient sur le ring, les gants aux mains. Mais aucun d'eux n'osait toucher l'autre de peur qu'il ne se rebiffe et rende le coup.

— Ça ira comme ça, dit Hogan en me voyant entrer. Arrêtez le massacre. Allez prendre une douche, messieurs, Bruce vous frictionnera.

Ils se faufilèrent à travers les cordes et Hogan vint vers moi.

— John Collins est ici avec deux copains dans la chambre de Jack, dis-je.

— Je les ai vus arriver dans leur auto.

— Qu'est-ce que c'est que les deux types qui sont avec lui ?

— Des malins, dit Hogan. Tu ne les connais pas ?

— Non, dis-je.

— C'est Happy Steinfelt et Lew Morgan. Ils tiennent une Académie de billard.

— J'ai été longtemps en voyage, dis-je.

— C'est vrai, dit Morgan. Ce Steinfelt est un gros book.

— Je le connais de nom, dis-je.

— C'est un sacré roublard, dit Hogan. Lui et Morgan ont l'œil, et le bon.

— Enfin, dis-je, ils veulent te voir dans une demi-heure d'ici.

— Tu veux dire qu'ils ne veulent pas nous voir d'ici une demi-heure?

— Plutôt.

— Entrons au bureau, dit-il. Qu'ils aillent se faire fiche, tous ces sacrés roublards.

Une demi-heure plus tard, on monte tous les deux et on frappe à la porte de Jack. On entendait parler dans la chambre.

— Une minute, crie quelqu'un.

— Allez vous faire fiche avec vos histoires, dit Hogan. Quand vous serez disposés, vous me trouverez au bureau.

Mais on entend jouer la serrure, et Steinfelt ouvre la porte.

— Entre, Hogan, dit-il. Nous allons boire un coup.

— A la bonne heure, dit Hogan. Voilà qui s'appelle parler.

Nous entrons. Jack est assis sur le lit. John et Morgan sont sur des chaises, et Steinfelt est debout.

— Vous êtes des petits mystérieux, dit Hogan.

— Ce vieux Danny! dit John.

— Ce vieux Danny! dit Morgan en serrant la main de Hogan.

Jack reste silencieux. Il est assis sur le bord du lit. Vêtu de son vieux chandail et de sa vieille culotte. Avec ses chaussons de boxe. Et sa barbe de huit jours. Il n'est pas au milieu de nous, mais seul en lui-même. Steinfelt et Morgan sont de vrais gandins. John aussi est un gandin. Et Jack est assis sur le bord du lit avec son air irlandais et ours.

Steinfelt sort une bouteille de sa poche, Hogan

va chercher des verres, et on boit tous un coup.
Jack et moi, un verre seulement. Mais les autres
continuent et en sifflent deux ou trois.

— Vous feriez bien d'en garder un peu pour la
route, dit Hogan.

— Ne t'en fais pas. Y en a d'autre.

Jack s'est levé et nous regarde sans mot dire.
Morgan prend sa place au bord du lit.

— Bois un coup, Jack, dit John en lui tendant
un verre et la bouteille.

— Non, dit Jack. Je n'aime pas ces ripailles
d'enterrement.

La compagnie se met à rire. Mais pas Jack. Ni
Hogan, qui ne comprend pas.

Au moment de partir, ils avaient l'air d'être
tous à point. Jack les accompagna jusqu'au porche
et les regarda monter en voiture. On lui fit des
signes d'adieu de la main.

— Salut, dit Jack.

Il alla se mettre à table, et ne desserra pas les
lèvres de tout le repas, sauf pour dire : « Passe-
moi ceci, s'il te plaît ? » ou : « Passe-moi cela, s'il
te plaît ? » Les deux pensionnaires du camp man-
geaient à la même table que nous. C'étaient de bons
types. Une fois le dîner fini, on alla sous le porche.
Il faisait déjà noir.

— Un petit tour, Jerry ? me dit Jack.

— Si tu veux, répondis-je.

On passe nos vestons et on part. Il y avait un
bon bout de chemin jusqu'à la grande route : deux
kilomètres à peu près. Et là les autos défilaient
sans arrêt et on était tout le temps sur le côté de
la route, à se garer. Jack ne parlait pas. Finale-

ment, comme on sortait des buissons, où on
venait de se fourrer pour laisser passer une grosse
voiture, il s'écria :

— Au diable la promenade! Retournons chez
Hogan.

On prit un chemin de traverse qui nous ramenait à la maison par la colline et les champs et on
se retrouva derrière chez Hogan. On fit le tour du
bâtiment. Hogan était debout sur le pas de la porte.

— Bonne promenade? demanda-t-il.

— Oh! épatante, dit Jack. Écoute Hogan. As-
tu à boire?

— Cette blague, dit Hogan Pourquoi?

— Fais-en monter dans ma chambre, dit Jack.
Cette nuit, je veux dormir.

— C'est toi le juge, dit Hogan.

— Tu viens dans ma chambre, Jerry? me dit
Jack.

Une fois en haut, il s'assit sur le lit, la tête dans
les mains.

Hogan entra avec une bouteille de whisky et
deux verres.

— Tu parles d'une vie! s'écria Jack.

— Veux-tu du ginger ale? dit Hogan.

— Qu'est-ce que tu te figures? que je veux me
rendre malade?

— C'était pour savoir, dit Hogan.

— Bois un coup, offrit Jack.

— Non, merci, dit Hogan.

Et il sortit.

— Et toi, Jerry, dit Jack.

— Histoire de trinquer, dis-je.

Jack emplit deux verres.

— Et maintenant, dit-il, je vais boire tranquillement, sans me presser.

— Mets de l'eau dedans, dis-je.

— Oui, dit Jack. Ça vaudra mieux.

On but un verre ou deux sans rien dire. Jack fit mine de m'en emplir un troisième.

— Non, dis-je. Ça va comme ça.

— Bien, dit Jack.

Il se servit un bon coup et ajouta de l'eau. Il commençait de se dérider un peu.

— Tu parles de types à la coule que ceux de cet après-midi, dit-il. En voilà deux qui n'aiment pas courir des risques.

Puis un peu après :

— Mais quoi ? Ils ont raison. A quoi bon courir des risques ? Encore un verre, Jerry ? Allons, trinque avec moi.

— C'est pas la peine, Jack, dis-je. Ça va très bien comme ça.

— Le dernier, insista Jack qui s'adoucissait.

— Bon, dis-je.

Jack me servit et se versa un bon verre.

— Moi, dit-il, j'aime bien le whisky. Si je n'avais pas fait de boxe, j'aurais aimé boire sec.

— Oui, dis-je.

— Moi, dit-il, j'ai manqué un tas de choses à cause de la boxe.

— T'as gagné beaucoup d'argent.

— Dame, c'est pour ça que j'en fais. Mais, vois-tu, j'ai manqué un tas de choses.

— Qu'est-ce que tu veux dire ?

— Eh bien, dit-il, comme pour ma femme, par exemple. Et puis d'être si souvent en dehors de chez moi. Ça ne fait pas de bien à mes filles non plus. « Qui que c'est que votre vieux ? » leur demanderont les petits gars du monde. « Mon vieux, c'est Jack Brennan. » Ça ne leur fait pas de bien, ça.

— Bah ! dis-je, la seule chose qui importe c'est qu'elles aient le sac.

— T'en fais pas, dit Jack. J'ai le sac pour elles.

Il se versa encore à boire. La bouteille était presque vide.

— Mets de l'eau dedans, dis-je.

— Vois-tu, dit-il en obéissant, tu ne peux pas te faire une idée de ce que ma femme me manque...

— Ça, bien sûr...

— Tu ne peux pas t'en faire une idée. Tu ne peux pas te faire une idée de ce que c'est.

— Ça devrait pourtant être moins dur ici, à la campagne, qu'en ville.

— Pour moi, maintenant, dit Jack, l'endroit où je suis ne fait pas de différence. Tu ne peux pas te faire une idée de ce que c'est.

— Bois un peu, va.

— Est-ce que je suis saoul? Tu trouves que je bafouille?

— Mais non, tu t'en tires très bien.

— Tu ne peux pas te faire une idée de ce que c'est. Y a personne qui puisse se faire une idée de ce que c'est.

— Excepté ta femme, dis-je.

— Oui, elle le sait, ma femme, dit Jack. Elle le sait bien. Pour ça, elle le sait.

— Mets de l'eau, dis-je.

— Jerry, reprit-il. Tu ne peux pas te faire une idée de ce que ça finit par devenir...

Il était bel et bien saoul. Il me regardait dans les yeux, et les siens étaient comme qui dirait tout fixes.

— Tu vas bien dormir, dis-je.

— Écoute, Jerry, me dit-il. Veux-tu gagner de l'argent? Mise sur Walcott.

— Oui?

— Écoute, Jerry...

Jack posa son verre.

— Je ne suis pas saoul, hein ? Sais-tu ce que je joue sur lui, moi ? Cinquante gros billets.

— Ça fait de la galette.

— Cinquante gros billets, reprit-il. Cinquante mille dollars.

— Ça fait de la galette.

— Cinquante gros billets, reprit Jack, à deux contre un. Je toucherai vingt-cinq mille dollars. Mise sur lui, Jerry.

— C'est tentant, dis-je.

— Comment veux-tu que je le batte ? C'est pas du maquillage. Comment veux-tu que je le batte ? Pourquoi ne pas en profiter ?

— Mets de l'eau, dis-je.

— Après ce match-là, je laisse tomber, dit Jack. Je laisse tomber. Faut que je reçoive une raclée. Alors ? Pourquoi que je n'en profiterais pas ?

— Ça, sûrement.

— Voilà huit jours que je ne dors pas, dit Jack. Toute la nuit, je suis dans le lit à me manger les sangs. Je ne dors pas, Jerry. Tu n'as pas idée de ce que ça fait quand on ne peut pas fermer l'œil.

— Mais si.

— Je ne dors pas. C'est tout. Je ne peux pas dormir. A quoi bon se soigner pendant tant d'années si c'est pour en arriver là ?

— C'est moche.

— Tu n'as pas idée de ce que ça fait, Jerry, quand on ne peut pas fermer l'œil.

— Mets de l'eau, dis-je.

Bref, vers onze heures, Jack tombe dans les pommes. Cette fois il est mûr et ne pourra pas

faire autrement que de dormir. Je l'aide à se désha-
biller et je le couche.

— Tu vas vien dormir, Jack, lui dis-je.

— Tu parles, répond-il. Si je vais dormir...

— Bonne nuit, Jack, dis-je.

— Bonne nuit, Jerry. Tu es mon seul ami.

— Oh! ça va, dis-je.

— T'es mon seul ami, reprend-il. Le seul ami
que j'ai au monde.

— Allez! dors, dis-je.

— Je vais dormir, dit Jack.

Je retrouvai Hogan en bas, assis devant son
bureau et lisant les journaux. Il leva la tête.

— Et alors, il fait dodo, le petit copain? me
demanda-t-il.

— Il était mûraille.

— Ça vaut mieux pour lui que de ne pas dormir, dit Hogan.

— Pour sûr.

— Et pourtant on aurait un mal de chien à
faire comprendre ça aux reporters des journaux
sportifs, dit Hogan.

— Oui, dis-je. Je m'en vais me coucher aussi.

— Bonne nuit, dit Hogan.

Le lendemain matin, je descendis vers huit
heures et pris mon petit déjeuner. Hogan était
dans la grange en train de faire faire des exercices
d'assouplissement à ses pensionnaires. J'allai
les regarder.

— Un!... Deux!... Trois!... Quatre!... comptait Hogan à haute voix. Ça va, Jerry? ajouta-
t-il en me voyant. Jack est levé?

— Non, il dort encore, répondis-je.

Puis je remontai faire ma valise. Vers neuf heures et demie, j'entendis dans la pièce à côté Jack qui s'habillait. Quand il fut descendu, je descendis à mon tour et le trouvai en train de déjeuner. Hogan était là aussi, debout à côté de la table.

— Comment ça va, Jack ? lui demandai-je.

— Pas mal.

— Bien dormi ? demanda Hogan.

— Oui, très bien, dit Jack. J'ai la langue un peu pâteuse mais pas de gueule de bois.

— Ah ! dit Hogan, c'était du bon whisky.

— Ça va. Mets-le sur la note.

— A quelle heure partez-vous ? demanda Hogan.

— Avant le déjeuner, répondit Jack. Par le train de onze heures.

Hogan sortit.

— Prends une chaise, Jerry, dit Jack.

Je m'assis devant la table. Jack mangeait un pamplemousse. Quand il trouvait un pépin, il le crachait dans sa cuillère et le laissait tomber sur son assiette.

— Je crois qu'hier soir j'étais bien cuit, commença-t-il.

— T'as bu pas mal.

— J'ai dû dire un tas de bêtises.

— Mais non.

— Où est Hogan ? reprit Jack qui venait de finir son fruit.

— Il est de l'autre côté, dans le bureau.

— Qu'est-ce que j'ai raconté sur le match et les paris ? dit Jack.

Il tenait sa cuillère à la main et tapotait machinalement l'écorce du pamplemousse.

La bonne apporta des œufs au jambon et enleva l'assiette sale.

— Donnez-moi un autre verre de lait, lui dit Jack.

Elle sortit.

— Tu m'as dit que t'avais joué cinquante mille dollars sur Walcott, dis-je.

— C'est vrai.

— Ça fait de la galette.

— C'est bien ce qui m'embête, dit Jack.

— S'il arrivait quelque chose?

— Non, dit Jack. Il en pince pour le titre. Et on l'a mis là pour qu'il gagne.

— On ne sait jamais.

— Non, il en pince pour le titre, je te dis. Pour lui, ça vaut de l'argent, et beaucoup.

— Cinquante mille dollars, ça fait de la galette, dis-je.

— C't'une spéculation, dit Jack. Puisque je ne peux pas gagner! Tu le sais bien que je ne peux pas gagner!

— Tant que tu es sur le tapin, t'as une chance.

— Non, dit Jack, je suis fini. Je vois la spéculation, c'est tout.

— Comment te sens-tu?

— Bien, dit Jack. C'était de dormir que j'avais besoin.

— Peut-être que tu t'en tireras bien, Jack.

— Je leur en mettrai plein la vue, dit Jack.

Après avoir mangé, il appela sa femme au téléphone et s'enferma dans la cabine.

— C'est la première fois qu'il lui téléphone depuis qu'il est ici, me dit Hogan.

— Il lui écrit tous les jours.

— Cette blague, dit Hogan. Une lettre, ça ne coûte que deux *cents*.

Hogan nous fit ses adieux et Bruce, le soigneur nègre, nous conduisit à la gare dans la carriole.

— Au revoir, Mister Brennan, dit Bruce sur le quai. J'espère que vous allez lui rentrer dans la terrine.

— Au revoir, dit Jack en lui tendant deux dollars.

Bruce, qui s'était beaucoup occupé de lui, avait l'air un peu désappointé. Il tenait ses deux dollars à la main, et Jack s'aperçut que je le regardais.

— Tout était sur la note, me dit-il. Hogan a compté les massages.

Dans le train qui nous ramenait à New York, Jack restait silencieux. Il était assis au bout de la banquette, son billet glissé sous le ruban de son chapeau et il regardait par la glace. A un moment, il se tourna vers moi :

— J'ai téléphoné à ma femme que je retiendrais une chambre au *Shelby* pour cette nuit, me dit-il. C'est juste à côté du *Garden*[1]. Je rentrerai à la maison demain matin.

— C'est une bonne idée, dis-je. Ta femme t'a déjà vu matcher ?

— Non, dit-il. Jamais.

Il faut qu'il s'attende à recevoir une fameuse volée, pensais-je, pour ne pas vouloir rentrer chez lui après le match.

A la gare nous prîmes un taxi jusqu'au *Shelby*. Un chasseur accourut, s'empara de nos valises et nous accompagna au bureau.

— Quel est le prix des chambres ? demanda Jack.

— Nous n'avons que des chambres a deux lits,

1. *Madison Square Garden*, établissement new-yorkais bien connu, analogue à notre *Vel' d'Hiv' (N. D. T.)*

dit l'employé. Je peux vous donner une belle
chambre à deux lits pour dix dollars.

— C'est trop.

— Je peux vous donner une chambre à deux
lits pour sept dollars.

— Avec salle de bain?

— Bien entendu.

— Si tu campais ici, Jerry? me dit Jack.

— Oh! moi, dis-je, j'irai coucher chez mon
beau-frère.

— C'est pas que je veuille te faire payer ta part,
dit Jack. Mais j'aime en avoir pour mon argent.

— Voulez-vous vous inscrire, je vous prie? dit
l'employé.

Puis, quand il eut regardé le registre, il ajouta :

— La chambre numéro 238, M. Brennan.

Nous prîmes l'ascenseur. C'était une belle
chambre à deux lits avec une porte donnant sur
la salle de bain.

— Pas mal, dit Jack.

Le chasseur qui nous avait conduits tira les
rideaux et apporta nos valises. Comme Jack ne
faisait pas mine de bouger, c'est moi qui lui donnai
la pièce. On se lava un peu, puis Jack proposa de
sortir pour aller manger au restaurant.

On déjeuna chez *Jimmey Handley*. Il y avait
là toute une bande de copains. Nous en étions à
peu près à la moitié du repas quand John arriva.
Il vint s'asseoir avec nous. Jack ne parlait guère.

— Et ton poids? lui demanda John, en voyant
le bon déjeuner que Jack s'envoyait.

— Je le ferais tout habillé, répondit Jack.

Il n'avait jamais besoin de se tourmenter à
cause de son poids, lui. Il avait une nature de
welter-weight et n'engraissait jamais. Et chez
Hogan il avait même maigri.

— C'est vrai que tu n'as jamais eu à t'en faire pour ça, dit John.

— Comme tu dis, opina Jack.

Après le déjeuner, nous nous dirigeâmes vers le *Garden* pour la pesée. Le match était conclu pour un poids de soixante-six kilos six cents à trois heures de l'après-midi. Jack, une serviette autour de la ceinture, monta dans la balance. La barre ne bougea pas. Walcott, qui venait juste de se peser, était là aussi, au milieu d'un tas de gens.

— Voyons voir ce que tu pèses, Jack, dit Freedman, le manager de Walcott.

— Je veux bien, mais *lui* après, dit Jack en désignant Walcott d'un coup de menton.

— Ote ta serviette, dit Freedman.

— Combien que ça fait ? demanda Jack aux gars qui le pesaient.

— Soixante-quatre sept cents, répondit l'un d'eux, un gros type.

— C'est bien, ça, Jack, dit Freedman.

— A lui, dit Jack.

Walcott s'approcha. Jack était plus grand que lui de près d'une demi-tête. C'était un blond aux larges épaules et aux bras de poids lourd. Il n'avait pas beaucoup de jambes.

— Salut, Jack, dit-il.

Sa figure était couverte de cicatrices.

— Salut, dit Jack. Ça va ?

— Oui, dit Walcott.

Il défit sa serviette et monta dans la balance. Il avait les épaules et le dos les plus larges qu'on ait jamais vus

— Soixante-six cinq cents.

Walcott descendit et se tourna vers Jack en ricanant.

— Tu vois, lui dit John, Jack te rend près de deux kilos.

— Ça fera plus que ça tout à l'heure, mon vieux, dit Walcott. Je vais manger, maintenant.

On retourne au vestiaire, et Jack s'habille.

— Il a l'air méchant, me dit-il.

— On dirait qu'il s'est fait moucher plus d'une fois.

— Oh! oui, dit Jack. C'est pas difficile de le moucher.

— Où allez-vous? demande John en voyant que Jack est prêt.

— On retourne à l'hôtel, dit Jack. Tu t'es occupé de tout?

— Oui, dit John. Tout est arrangé.

— Je vais me coucher un moment, dit Jack.

— Je passerai vous prendre vers sept heures moins le quart pour aller dîner.

— Entendu.

Une fois à l'hôtel, Jack retira ses chaussures et sa veste et s'étendit sur le lit. Je m'étais mis à écrire une lettre. Une fois ou deux je levai la tête et regardai du côté de Jack. Il ne dormait pas, mais il restait là sans bouger, sauf ses yeux qui s'ouvraient de temps à autre. Finalement, il se mit sur son séant.

— Une partie de *cribbage*, Jerry? me dit-il.

— Si tu veux, dis-je.

Il alla ouvrir sa valise et en retira des cartes et le tableau de *cribbage*. On joua, et il me gagnait trois dollars quand John frappa à la porte et entra.

— Tu joues au *cribbage*, John? lui demanda Jack.

John posa son galurin sur la table; il était tout mouillé. Sa veste aussi était mouillée.

— Il pleut? demande Jack.

3

— A verse, répond John. Mon taxi s'est em-
pêtré dans un embarras de voitures et j'ai préféré
descendre et venir à pied.

— Allez, jouons au *cribbage*, dit Jack.

— On ne va pas manger?

— Non, dit Jack. Pas tout de suite.

Ils se mettent à jouer. Au bout d'une demi-
heure, Jack gagnait un dollar et demi.

— Allons, dit-il, faudrait tout de même dîner.

Il s'approche de la fenêtre et regarde dehors.

— Est-ce qu'il pleut toujours ? dit John.

— Oui.

— Si on mangeait à l'hôtel?

— C'est une idée, dit Jack. Je te joue le dîner.

Après un moment il se lève et dit :

— C'est toi qui paies, John.

Et on descend dans la salle à manger.

Après avoir dîné, on remonta et Jack recommença de jouer au *cribbage* avec John et lui gagna
deux dollars et demi, ce qui le mit de bonne
humeur. Il ôta son col, sa chemise et passa un
tricot et un chandail — de façon à ne pas prendre
froid après le match. Puis il fourra dans un sac
à main ses affaires de boxe et un peignoir.

— Tu es prêt? lui demanda John. Je vais leur
dire d'appeler une voiture.

Un moment après, la sonnette du téléphone
retentit, et on nous avertit qu'un taxi était en bas.

Nous prenons l'ascenseur. Nous traversons le
hall, nous montons dans le taxi, et en route pour
le *Garden*. Il pleuvait fort, mais il y avait beaucoup de monde dans les rues. Le *Garden* était
plein jusqu'au toit. Et tandis que nous nous ren-
dions au vestiaire je pus voir à quel point c'était
comble. Le ring a l'air d'être à un kilomètre. Tout
est noir. Il n'y a de la lumière que sur le ring.

— Heureusement qu'ils n'ont pas eu l'idée de
donner le match au Parc, dit John.

— Y a du monde, dit Jack.

— Un match comme ça amène bien plus de
monde qu'il n'y a de places ici.

— On ne peut jamais savoir le temps qu'il va
faire, dit Jack.

John passa la tête par la porte du vestiaire et
trouva Jack en peignoir, les bras croisés et considérant le plancher. John était accompagné de
deux ou trois soigneurs qui cherchaient à voir
par-dessus son épaule. Jack leva la tête.

— Il y est ? demanda-t-il.

— Il vient de descendre, dit John.

On sort du vestiaire, Walcott était en train de
grimper sur le ring, et la foule y allait de ses bravos.
Il passa à travers les cordes, se dressa, rapprocha
ses deux poings et les montra à la foule en souriant, se tournant d'un côté du ring, puis de l'autre.
Il s'assit. Jack récolta aussi pas mal de bravos
en descendant parmi les spectateurs. Il est Irlandais et les Irlandais sont toujours bien reçus. A
New York, si un Irlandais ne fait pas recette
comme un juif ou un macaroni, il est toujours
bien reçu. Jack grimpa, puis se pencha pour passer à travers les cordes ; et, pendant qu'il passait,
Walcott se leva de son coin et s'approcha pour
baisser la corde. La foule trouva ça très chic.

Walcott mit la main sur l'épaule de Jack et ils
restèrent ainsi pendant une seconde.

— Tu veux donc être un de ces champions
bien populaires ? lui dit Jack. Enlève ta sale patte
de mon épaule.

— Allons, dit Walcott. Fais pas le méchant.

Tout ça paraît épatant au populo. Quelle cour-
toisie ils ont ces types-là avant le match! Regar-
dez-les se souhaiter bonne chance.

John va dans le coin de Walcott et Solly Freedman s'approche du nôtre tandis que Jack commence de bander ses mains. Il passe le pouce dans
un trou de la bandelette et enveloppe sa main
comme il faut, bien lisse. Puis j'enroule le chatterton autour des poignets et le fais passer deux
fois sur les jointures des doigts.

— Eh! dit Freedman, pas tant de chatterton!

— Touche, dit Jack. Est-ce que c'est moi, oui
ou non, espèce de pedzouille?

Freedman reste là à regarder Jack qui bande
son autre main. Puis un de nos soigneurs passe
les gants que je lui mets et je commence de les
lacer.

— Dis donc, Freedman, dit Jack. De quel
pays est-il ce Walcott?

— Je ne sais pas, dit Solly. Du Danemark, ou
quelque chose comme ça.

— Il est de Bohême, dit le type qui venait
d'apporter les gants.

L'arbitre les appela et Jack se leva. Walcott
s'approchait en souriant. Ils se rencontrèrent au
centre du ring et l'arbitre posa une main sur
l'épaule de chacun d'eux.

— Salut popularité, dit Jack à Walcott.

— Fais pas le méchant.

— Pourquoi que tu te fais appeler Walcott?
dit Jack. Tu ne sais pas que c'était un nègre?

— Écoutez-moi, dit l'arbitre, qui se met à leur
débiter son boniment.

A un moment, Walcott l'interrompt et attrape
le bras de Jack en disant :

— S'il me tient comme ça est-ce que je peux
le toucher?

— A bas les pattes, dit Jack. Y a pas de cinéma
ici.

Ils retournent dans leurs coins. J'enlève le
peignoir des épaules de Jack. Il s'appuie aux
cordes, fléchit les genoux deux ou trois fois et
frotte ses chaussons dans la résine. Le gong retentit. Jack se tourne d'un mouvement vif et
s'avance. Walcott vient à lui. Ils se touchent le
gant et aussitôt que Walcott a baissé les mains
Jack lui envoie deux fois son gauche dans la figure. Y a jamais eu personne qui sache mieux
boxer que Jack. Walcott le poursuivait, avançant tout le temps, le menton sur la poitrine.
C'est un crocheteur. Sa garde est basse et tout
ce qu'il sait faire, c'est vous rentrer dedans et
cogner, mais chaque fois qu'il s'approche Jack
lui envoie son gauche dans la figure. On dirait
que c'est automatique. Jack lève la main gauche
et la voilà dans la figure de Walcott. Trois ou
quatre fois Jack suit du droit, mais Walcott le
reçoit sur l'épaule ou sur le haut du crâne. Il est
comme tous ces crocheteurs : la seule chose qu'il
craigne c'est d'en rencontrer un comme lui. Partout où on peut le toucher il est couvert. Il se
moque bien d'un poing gauche dans sa figure.

Jack lui avait ouvert la figure en plusieurs
endroits et vers le quatrième round il saignait
dur, mais chaque fois qu'il pouvait s'approcher
de Jack il cognait, et si fort qu'il lui avait fait
deux grandes marques rouges sur les flancs, juste
au-dessous des côtes. A chaque corps à corps
Jack le tenait, dégageait une main et lui filait un
uppercut. Mais quand Walcott s'était dégagé à
son tour, il travaillait Jack au corps de telle sorte

qu'on aurait pu l'entendre de la rue. C'est un cogneur.

Et ça continue comme ça pendant trois rounds de plus. Ils ne parlent pas. Ils travaillent tout le temps. Et nous aussi entre les rounds on avait notre part de travail à faire avec Jack. Il n'a pas bonne allure mais jamais il ne s'est beaucoup remué sur le ring. Il ne bouge guère, et cette main gauche a l'air automatique. On dirait qu'elle est reliée à la figure de Walcott et que Jack n'a simplement qu'à vouloir. Jack reste calme et ne gaspille pas sa sueur dans les corps à corps. C'est qu'il sait y faire dans les corps à corps et il s'en tire à son avantage. A un moment, ils étaient dans notre coin, je le vis tenir Walcott, dégager le poing droit, le tourner et lancer à Walcott un de ces uppercuts qui lui rabota le nez avec le dos du gant. Le sang se mit à pisser et Walcott appuya le nez sur l'épaule de Jack comme pour lui passer un peu de son sang. Jack donna de l'épaule une espèce de secousse, puis il ramena le poing droit et recommença le même coup.

Walcott était tout ce qu'il y a d'en rogne et au bout de cinq rounds, il haïssait Jack jusqu'aux tripes. Jack ne fumait pas, lui ; c'est-à-dire qu'il ne fumait pas plus que d'habitude. Ah! pour dégoûter de la boxe les types qui se battaient avec lui, sûrement qu'il avait le chic. C'est pourquoi il en voulait tant à Kid Lewis. Jamais il n'avait pu le mettre en rogne. Kid arrivait toujours avec deux ou trois sales trucs que Jack ne connaissait pas.

Tant que Jack y allait comme ça et tant qu'il était solide, il n'était pas plus en danger qu'une tour. Et on peut dire qu'il y allait fort avec Walcott. Ce qu'il y a de rigolo c'est qu'on l'aurait pris pour un boxeur classique. Il possède toutes les combines.

A la fin du septième round, il nous dit :

— Mon gauche devient lourd.

A partir de ce moment-là, il commença d'encaisser. Ça ne se vit pas tout de suite. Mais au lieu que ce soit lui qui mène la danse, c'est le tour de Walcott. Il ne peut plus l'écarter de la main gauche. Ç'a toujours l'air d'être la même chose, seulement au lieu que les châtaignes de Walcott passent à côté elles ne le ratent plus maintenant. Il reçoit de terribles coups dans les côtes.

— Quel round ? nous demande-t-il.

— Le onzième.

— Je ne pourrai pas tenir, dit-il. Mes jambes ne vont pas.

Jusqu'à présent, Walcott l'avait simplement touché, Jack faisait comme le joueur de base-ball qui accompagne la balle qu'il reçoit pour affaiblir la force du choc. Mais maintenant, Walcott commençait de taper en terre ferme. C'était une vraie machine à cogner. Jack n'essayait que de bloquer les coups. Mais on ne se rendait pas compte de la terrible raclée qu'il était en train de recevoir. Entre les rounds je m'occupais de ses jambes et je sentais tout en les massant les muscles qui tremblaient sous mes mains.

Il avait la rame.

— Comment ça va ? demanda-t-il à John.

— C'est lui qui mène.

— Je crois que je pourrai tenir, dit Jack. C'est pas ce romanichel-là qui va m'arrêter.

Tout marchait comme il s'y attendait. Il savait bien qu'il ne pourrait pas battre Walcott. Il n'en avait plus la force. Fallait pas se plaindre pourtant. Son argent était au chaud et il ne restait plus qu'à en finir à son idée. Pas de knock-out.

Le gong tinta et nous poussâmes Jack. Il s'éloigna lentement. Walcott vint droit à lui. Jack lui envoya son gauche dans la figure. L'autre le reçut, se dégagea par en dessous et commença de travailler Jack au corps. Jack essaya de l'arrêter mais autant s'accrocher à une scie mécanique. Il s'arracha de là, manqua du droit et reçut de Walcott un crochet du gauche qui le fit rouler à terre. Il tomba sur les mains et sur les genoux et nous regarda. L'arbitre commença de compter. Jack nous regardait et secouait la tête. A huit, John lui fit signe. On ne pouvait pas s'entendre à cause de la foule. Jack se leva. L'arbitre avait retenu Walcott d'un bras pendant tout le temps qu'il comptait.

Quand Jack fut sur pied, Walcott s'avança vers lui.

J'entendis Solly Freedman lui crier :

— Fais attention, Jimmy.

Walcott s'approcha de Jack en le regardant. Jack le toucha du poing gauche. Walcott secoua simplement la tête et accula Jack aux cordes. Il le mesura de l'œil, envoya un très léger crochet du gauche sur le côté de la tête de Jack et tapa au corps du droit, aussi fort qu'il pouvait taper, aussi bas qu'il pouvait taper. Il avait bien dû toucher Jack à cinq pouces au-dessous de la ceinture. Je crus que les yeux de Jack allaient lui sortir des orbites. Ils jaillissaient. Sa bouche s'ouvrit.

L'arbitre retint Walcott. Jack avança d'un pas. S'il tombait, cinquante mille dollars tombaient avec lui. Il marchait comme si tous les boyaux allaient lui sortir du ventre.

— C'était pas trop bas, dit-il. C'est un accident.

Le populo hurlait tellement qu'on ne pouvait rien entendre. Ils étaient tous deux en face de nous.

— Ça va, dit Jack.

L'arbitre regarde John, puis il hoche la tête.

— Amène-toi, Polonais de putain, dit Jack à Walcott.

John était accroché aux cordes, l'éponge à la main, prêt à la flanquer sur le ring. Jack s'avança d'un pas. La sueur coulait sur son visage et de grosses gouttes ruisselaient le long de son nez.

— Viens te battre, dit-il à Walcott.

L'arbitre regarde John, puis lâche Walcott.

— Vas-y, espèce de brute, dit-il.

Walcott s'avance. Lui non plus ne sait que faire. Jamais il n'aurait cru que Jack allait encaisser ça. Jack lui envoie son gauche au visage. Les hurlements redoublent. Ils sont tous les deux en face de nous. Walcott touche Jack deux fois. La figure de Jack est la plus effrayante que j'aie jamais vue. Cet air qu'il a! On voit sur sa figure qu'il retient sa hernie de tout son être. Qu'il pense tout le temps à son ventre déchiré et le retient par la pensée.

Puis il se met à cogner. Sa figure a un air sauvage. Il se met à cogner, les mains basses, menaçant la tête de Walcott. Walcott se couvre et Jack le menace, comme un fou. Il lui lance son gauche à la gueule et, du droit, le touche aussi bas que l'autre l'avait touché. Dans le bas du ventre. Walcott tombe à terre et s'attrape le ventre à deux mains, se roulant et se tordant sur lui-même.

L'arbitre s'empare de Jack et le pousse dans

son coin. John saute sur le ring. Les clameurs
vont de plus belle. L'arbitre se concerte avec les
juges, puis le speaker monte sur le ring avec un
porte-voix.

— Walcott! proclame-t-il. Sur coup bas.

L'arbitre se tourne vers John.

— Qu'est-ce que je pouvais faire? lui dit-il.
Jack n'a pas voulu prendre le coup bas. Et quand
il est groggy c'est lui qui donne un coup bas.

— N'importe comment, il avait perdu, répond John.

Jack est sur sa chaise. Je lui ai retiré ses gants
et il se tient à deux mains le bas du ventre. Appuyée sur quelque chose, sa figure n'a pas l'air
en trop mauvais état.

— Vas-y leur dire un mot d'excuse, lui glisse
John à l'oreille. Ça fera bon effet.

Jack se lève. La sueur perle aussitôt sur tout
son visage. Je lui pose son peignoir sur les épaules,
et il traverse le ring, retenant sous le peignoir sa
hernie d'une main. On a relevé Walcott et on
s'occupe de le soigner. Il y a un tas de gens autour
de lui. Personne ne parle à Jack. Il se penche sur
Walcott.

— Excuse-moi, lui dit-il. Je ne l'ai pas fait
exprès.

Walcott ne répond rien tellement il est mal
foutu.

— Te v'là champion maintenant, lui dit Jack.
J'espère que ça te donnera l'occasion de rigoler.

— Laisse-le tranquille, dit Solly Freedman.

— Mon vieux Solly, dit Jack, c'est pas de ma
faute si j'y ai donné un coup bas, à ton poulain.

Freedman le regarde sans répondre.

Jack revient dans son coin en marchant d'une
drôle de manière, toute saccadée. On le fait passer

entre les cordes, puis parmi les tables des journalistes et on l'emmène en le guidant à travers la foule. Des tas de gens essaient de lui donner au passage une tape sur l'épaule. Lui, en peignoir, passe au milieu d'eux et se dirige vers le vestiaire. C'est une victoire populaire que celle de Walcott. C'est sur lui que le *Garden* avait parié.

Quand on arriva au vestiaire, Jack s'étendit et ferma les yeux.

— Faut rentrer à l'hôtel et faire venir un médecin, dit John.

— J'ai quelque chose de pété dans le ventre, dit Jack.

— Ça m'embête pour toi, mon pauvre vieux, dit John.

— C'est rien que ça, dit Jack.

Il reste allongé, les yeux clos.

— Ils ont voulu faire un beau coup double, dit John.

— C'est tes copains Morgan et Steinfelt, dit Jack. De beaux copains que t'as là.

Ses yeux sont ouverts maintenant. Mais sa figure reste horriblement tirée.

— C'est rigolo ce qu'on peut penser vite quand il s'agit de tant d'argent que ça.

— T'es un type, Jack, lui dit John.

— Non, dit Jack. C'était rien que ça.

Mon vieux

En y réfléchissant bien je crois à présent que mon vieux était taillé pour faire un gros père, un de ces vrais petits patapoufs de gros pères comme on en voit, mais faut dire qu'il n'est jamais devenu comme ça, excepté un peu vers la fin, et à ce moment-là ce n'était pas de sa faute, il montait seulement l'obstacle et pouvait se permettre d'emmener du poids à ce moment-là. Je me rappelle la manière dont il enfilait une chemise de caoutchouc par-dessus un ou deux chandails et une grosse chemise à transpirer par-dessus tout ça, et dont il me faisait courir avec lui le matin au soleil. Il venait, des fois, de faire de bon matin une balade d'essai avec un des chevaux de Razzo, dès son arrivée de Turin à quatre heures du matin et après avoir rappliqué en fiacre aux écuries et alors, avec la rosée qui couvrait tout et le soleil qui commençait à donner, je l'aidais à retirer ses bottes et il mettait une paire de tennis et tous ses sweaters et en route.

— Allons, petit, disait-il en marchant sur la pointe des pieds devant le vestiaire des jockeys, remuons-nous un peu.

Alors on se mettait à tourner autour de la pe-

louse, une fois peut-être, lui en tête, et il courait
sec, et puis à la grille on faisait un crochet et on
prenait une des routes bordées d'arbres qui par-
tent de San Siro. Je passais devant lui quand on
arrivait à la route et je me mettais à courir et je
regardais en arrière et il était en train de trotter
facilement derrière moi et après un moment je
regardais encore en arrière et il avait commencé
de suer. Il suait dur et suivait sans se biler, les
yeux sur mon dos, mais quand il me surprenait
à le regarder il faisait la grimace et disait : « Ça
sue, hein ? » — Quand mon vieux faisait la grimace, y avait pas moyen de s'empêcher de faire
la grimace aussi. On continuait encore de courir
dans la direction des montagnes et puis soudain
mon vieux criait : « Hé, Joe ! » Je me retournais
et il était assis sous un arbre, la serviette qu'il
avait tout à l'heure à la taille passée autour du
cou.

Je revenais sur mes pas, et m'asseyais à côté
de lui, puis après il tirait une corde de sa poche
et commençait de sauter au soleil. La sueur ruisse-
lait sur sa figure et il sautait à la corde dans la
poussière blanche et la corde cliquetait, cliquetait,
clic, clic, clic, et le soleil toujours plus chaud et
lui il y allait de plus en plus dur, de long en large
sur un bout de la route. Vrai, c'était un régal de
voir mon vieux sauter à la corde. Il la faisait
tourner à toute allure ou la balançait en douceur
et en fantaisie. Vrai, si vous aviez pu voir la tête
de ces pedzouilles d'Italiens des fois, quand ils
passaient, en route pour la ville et marchant à
côté de leurs gros bœufs blancs qui traînaient
un chariot. Je vous dis qu'ils avaient l'air de
croire que le vieux était maboule. Lui alors il se
mettait à faire tourner la corde jusqu'à ce que

les autres en restent sur place, avant de donner
aux bœufs un appel de langue et un coup d'aiguillon
et de se remettre en marche.

Quand je restais ainsi à le regarder travailler
au soleil, y a pas d'erreur, je l'aimais bien, mon
vieux. Y a pas d'erreur, il était rigolo et il avait
travaillé si dur et il finissait sur un de ces tour-
nements qui lui faisaient couler la sueur sur la
figure comme de l'eau et puis il flanquait la corde
contre l'arbre et revenait s'asseoir à côté de moi
et s'adossait contre l'arbre avec la serviette et
un sweater entortillés autour du cou.

— Sans blague, c'est le diable pour ne pas en
prendre, Joe, qu'il disait.

Et il se renversait en arrière et fermait les yeux
et respirait un bon coup.

— C'est pas comme quand on est môme.

Puis il se levait avant d'avoir commencé à se
refroidir et on repartait au trot pour les écuries.
C'est comme ça qu'on gardait le poids. Il se faisait de la bile tout le temps. Presque tous les
jockeys se débarrassent de ce qu'ils veulent en
course. Un jockey perd à peu près un kilo chaque
fois qu'il court, mais mon vieux était comme qui
dirait dur à cuire et ne pouvait pas garder ses
kilos sans tout ce travail-là.

Un jour, à San Siro, je me rappelle que Regoli, un petit macaroni qui montait pour Buzoni,
traversa le paddock pour aller prendre quelque
chose au bar, et il se claquait les bottes de la cravache, juste après la pesée, et mon vieux, qui
sortait aussi de la pesée et qui venait avec sa selle
sous le bras, avait la figure rouge et l'air éreinté
et trop gros pour ses soies et il restait là, à regarder
le petit Regoli, tout frais et avec son air gosse,
qui était debout près du bar, et je lui dis : « Qu'est-

ce qu'y a, p'pa ? » parce que je pensais que Regoli
l'avait peut-être bousculé ou quelque chose comme
ça ; et lui se contenta de regarder Regoli et de
dire : « Eh, que le diable les emporte tous ! » et il
s'en alla au vestiaire.

Enfin, peut-être que tout aurait bien été, si on
était resté à Milan et si on n'avait couru qu'à Milan
et qu'à Turin, parce que, si y a jamais eu des
champs de courses faciles, c'est bien ces deux-là.
« Pianola, Joe », disait mon vieux quand il des-
cendait de cheval dans le stall des gagnants après
ce que les Italiens appelaient un steeple-chase
d'enfer. J'y ai demandé une fois. « Cette course
se court toute seule, Joe, me répondit mon vieux.
C'est le train auquel on va qui rend la course
d'obstacles dangereuse. Y a pas de train ici, et y a
pas d'obstacles vraiment mauvais non plus. Mais
c'est toujours le train — pas les obstacles — qui
cause les embêtements. »

San Siro était le plus chouette champ de courses
que j'aie jamais vu, mais mon vieux prétendait
que c'était une vie de chien. Fallait faire la na-
vette entre Mirafiore et San Siro et courir à peu
près tous les jours de la semaine avec un voyage
en chemin de fer toutes les deux nuits.

Les chevaux aussi me rendaient maboule. Ils
ont vraiment de l'allure quand ils sortent et re-
montent la piste jusqu'au départ avec une espèce
de grimace étroite qui leur fait montrer les dents
et le jockey qui les retient ou bien des fois qui
lâche un peu et les laisse prendre un petit galop
jusqu'au poteau de départ. Et puis, quand ils
étaient au poteau, ça me prenait plus fort que
jamais. Surtout à San Siro avec cette grande
pelouse verte et les montagnes tout au fond et ce
gros Italien de starter avec sa grande cravache

et les jockeys dont les mains pianotaient leurs
chevaux et puis le ruban qui sautait et cette
cloche qui sonnait et eux tous qui partaient en
peloton et puis qui commençaient de s'égrener.
Vous savez comment ça part, un peloton de canassons. Si on est en haut de la tribune avec des
jumelles, on les voit plonger en avant et puis la
cloche se met à sonner et on dirait qu'elle sonne
pendant des milliasses d'années et puis ils arrivent
en balayant le tournant. Pour moi y a jamais rien
eu qui vaille ça.

Mais mon vieux me dit un jour au vestiaire,
en se rhabillant : « Pas un de ces outils-là n'est
un cheval, Joe. A Paris, on abattrait ce tas de
toquards pour le cuir et les sabots. » C'était un
jour qu'il avait gagné le Premio Commercio avec
Lantorna en l'enlevant pendant les cent derniers
mètres comme le bouchon qu'on arrache d'un
goulot.

C'est tout de suite après le Premio Commercio
qu'on les a mis et qu'on est parti d'Italie. Mon
vieux et Holbrook et un gros Italien en chapeau
de paille qui n'arrêtait pas de s'essuyer la figure
avec son mouchoir étaient à une table de la Galleria en train de discuter. Ils parlaient en français
et les deux autres en avaient après mon vieux.
A la fin il se tut et resta comme ça, les yeux sur
Holbrook, et les deux autres continuaient de se
mettre après lui, l'un prenant la parole et puis
l'autre, et le gros Italien interrompant toujours
Holbrook.

— Va m'acheter le *Sportsman*, veux-tu, Joe?
me dit mon vieux en me donnant quelques sous
et sans cesser de regarder Holbrook.

Je sortis de la Galleria et allai jusque devant
la Scala pour acheter le journal. Puis je revins

mais sans m'avancer parce que je ne savais pas
si on voulait de moi et mon vieux était renversé
sur sa chaise, les yeux sur son café, et jouant avec
une cuiller, et Holbrook et le gros Italien étaient
debout et le gros Italien s'essuyait la figure et
secouait la tête. Et moi je m'approchai et mon
vieux fit absolument comme si les deux autres
n'avaient pas été là et me dit : « Une glace, Joe ? »
Holbrook baissa les yeux vers mon vieux et dit
lentement, en articulant bien : « Espèce de salaud », et, suivi du gros Italien, il s'éloigna à travers les tables.

Mon vieux resta là et il me regardait avec une
espèce de sourire, mais il était tout blanc et avait
l'air malade à crever, et moi j'avais peur et comme
mal au ventre parce que je sentais qu'il était
arrivé quelque chose et que je ne voyais pas
comment quelqu'un pouvait traiter mon vieux
de salaud et s'en tirer comme ça. Mon vieux
ouvrit le *Sportsman* et, après avoir étudié les
handicaps pendant un moment, il me dit : « Dans
la vie, Joe, faut avaler un tas de choses. » Et trois
jours après on quittait Milan pour de bon et on
partait pour Paris par le train de Turin, après
avoir vendu à l'encan devant les écuries Turner
tout ce qu'on ne pouvait pas fourrer dans les malles
ou dans les valises.

On arriva à Paris le matin de bonne heure dans
une grande gare toute sale qui s'appelait la gare
de Lyon à ce que me dit mon vieux. A côté de
Milan, Paris est une ville bougrement grande. A
Milan on dirait que tout le monde va quelque part
et que tous les trams vont quelque part et y a pas
d'aria, mais Paris est tout embrouillé et jamais
personne n'y met de l'ordre. J'ai pourtant fini par
m'y plaire, du moins à peu près, et puis, dites, on y

trouve les plus beaux champs de courses du monde!
On dirait que c'est ce qui fait tout marcher et la
seule chose sur laquelle on puisse à peu près
compter c'est qu'aujourd'hui les autobus iront à
celui des champs de courses où y a des courses,
n'importe lequel, qu'ils iront, à travers et en dépit
de tout, droit au champ de courses. Je n'ai jamais
eu l'occasion de vraiment connaître Paris, parce
que je n'y venais guère qu'une ou deux fois par
semaine de Maisons, avec le vieux, et il s'asseyait
toujours au Café de la Paix, à la terrasse du côté
de l'Opéra, avec les autres copains de Maisons et
je crois que c'est un des coins les plus affairés de
Paris. Mais, vrai, c'est drôle qu'une ville grande
comme Paris n'ait pas une Galleria, hein?

Enfin, on alla vivre à Maisons-Laffitte, où
presque tout le monde demeure, excepté les copains de Chantilly, chez une Madame Meyers
qui tient une pension. Pour y vivre, Maisons est
le plus chouette endroit que j'aie jamais vu. Pas
tellement la ville, mais il y a un lac et une chouette
forêt où on allait se balader toute la journée, moi
et d'autres gars, et mon vieux m'avait fait un
lance-pierres et on attrapa un tas de choses avec
et surtout une pie et un jour le petit Dick Atkinson
abattit un lapin avec. On l'avait mis sous un arbre
et on s'était assis tout autour et Dick avait des
cigarettes et tout d'un coup voilà le lapin qui
saute et qui se cavale dans les fourrés et on a
couru après mais on n'a pas pu le trouver. Mince
alors, ce qu'on rigolait à Maisons! Madame Meyers
me faisait déjeuner le matin et je partais pour
toute la journée. J'appris vite à parler français.
C'est facile.

Aussitôt qu'on était arrivé à Maisons, mon
vieux avait écrit à Milan pour sa licence et tant

qu'elle n'arriva pas il fut bien embêté. Il allait s'asseoir au *Café de Paris* de Maisons avec les copains, un tas de types qu'il avait connus quand il courait à Paris avant la guerre, qui vivaient à Maisons et on y a le temps de s'asseoir parce que le travail d'une écurie de courses, je veux dire pour les jockeys, est liquidé dès neuf heures du matin. On fait galoper la première fournée de chevaux à cinq heures et demie et on sort la deuxième équipe à huit heures. Ça veut dire qu'il faut se lever de bonne heure, y a pas, et se coucher de bonne heure aussi. Si un jockey court pour quelqu'un, y a pas moyen qu'il sirote, parce que l'entraîneur le tient à l'œil si c'est un gosse et si c'est pas un gosse il se tient à l'œil tout seul. Aussi, le plus souvent, quand un jockey ne travaille pas il s'installe au *Café de Paris* avec les autres et ils restent tous là pendant des deux ou trois heures devant un apéritif comme du vermouth à l'eau de Seltz et ils parlent et racontent des histoires et jouent au billard et c'est comme qui dirait un cercle ou la Galleria à Milan. Seulement c'est pas vraiment comme la Galleria parce que là-bas y a toujours du monde qui passe et qu'ici tout le monde est autour des tables.

Bref, mon vieux finit par recevoir sa licence. On la lui envoya sans un mot et il courut deux ou trois fois. Amiens, en province, et des trucs comme ça, mais aucun engagement n'avait l'air de se présenter. Il plaisait à tout le monde et le matin quand j'arrivais au café je trouvais toujours quelqu'un en train de boire avec lui parce que mon vieux n'était pas pingre comme la plupart de ces jockeys qui ont gagné leur premier dollar aux courses de la Foire Universelle de Saint-Louis, en 1904. C'était ce que mon vieux disait quand il

voulait taquiner Georges Burns. Mais on aurait
dit que tout le monde se gardait bien de donner
des montes à mon vieux.

Tous les jours, on partait de Maisons pour les
courses avec la voiture et c'est ce qu'il y avait de
plus rigolo. Je fus content de voir arriver les chevaux de Deauville et la fin de l'été. Pourtant ça
voulait dire que c'en était fini des balades dans les
bois, parce qu'alors on allait à Enghien ou au
Tremblay ou à Saint-Cloud et on suivait la course
de la tribune des entraîneurs et des jockeys. Vrai,
ce que j'en ai appris sur les courses à aller comme
ça avec les copains! et c'était tous les jours la même
rigolade.

Je me souviens d'une fois à Saint-Cloud. C'était
une grande course de deux cent mille francs avec
sept entrées et *Monarch* comme gros favori.
J'allais du côté du paddock pour voir les chevaux
avec mon vieux et jamais vous n'avez vu des
chevaux pareils. Ce *Monarch* est un grand et gros
cheval jaune qui a l'air d'être bâti tout en course.
J'ai jamais vu un cheval pareil. On était en train
de le promener par la bride autour des paddocks et
quand il passa près de moi la tête baissée je me
sentis comme tout creux en dedans tellement il
était beau. Y a jamais eu un cheval aussi épatant
que lui, élancé, bâti pour la course. Et il
allait autour du paddock en posant ses pieds
comme ça, tranquille et soigneux, marchant
avec aisance comme s'il avait su ce qu'il faisait,
et sans se cabrer, sans de ces saccades ni de
ces yeux fous comme en ont les toquards à
réclamer qu'on a dopés un coup. Il y avait une
telle foule que je ne revis plus que ses pattes qui
passaient et un peu de jaune et je suivis mon
vieux qui se faufilait à travers la foule jusqu'au

vestiaire des jockeys derrière les arbres, et là
aussi il y avait une grande foule tout autour, mais
l'homme en chapeau melon qui était à la porte salua mon vieux de la tête et on entra et tout le
monde était assis et en train de s'habiller et de se
tirer la chemise par-dessus la tête et de tirer sur les
bottes et tout ça sentait chaud la sueur et le lini-
ment et au-dehors y avait la foule qui regardait.

Le vieux traversa et alla s'asseoir à côté de
Georges Gardner qui était en train de rentrer dans
sa culotte et lui dit : « Quel tuyau, Georges ? »
comme ça, de sa voix ordinaire, parce que c'est
pas la peine de tourner autour parce que Georges
est libre de lui dire ce qu'il veut ou pas.

— Il ne gagnera pas, dit Georges tout bas, en
se penchant pour boutonner le bas de sa culotte.

— Qui alors ? dit mon vieux en se penchant près
de lui pour que personne puisse entendre.

— *Orion*, dit Georges, et s'il arrive, garde-moi
un billet ou deux.

Mon vieux dit quelque chose à Georges de
sa voix ordinaire et Georges répondit : « Joue donc
jamais, ça vaudra mieux », comme pour blaguer
et nous on les mit à travers la foule qui zieutait
jusqu'à la baraque du Mutuel à 100 francs. Mais
je savais qu'il y avait quelque chose d'important
sous roche parce que Georges était le jockey de
Monarch. En route mon vieux acheta une feuille
jaune avec les premières cotes et *Monarch* payait
seulement 5 à 10, *Cefisidote* venait ensuite à 5
contre 1, et le cinquième sur la liste, *Orion*, à 8
contre 1. Mon vieux joua cinq mille francs sur
Orion gagnant et mille placé et on s'en alla monter
l'escalier derrière les tribunes et chercher une
place pour suivre la course.

On était tassés comme des sardines et on vit

d'abord sortir un homme en redingote avec un
haut-de-forme gris et une cravache pliée à la
main. Et puis l'un après l'autre, suivant le vieux
type, les chevaux, avec un jockey dessus, et deux
garçons d'écurie qui marchaient de chaque côté
du cheval en le tenant par la bride. Ce grand cheval jaune de *Monarch* ouvrait la marche. Il n'avait
pas l'air tellement grand au premier coup d'œil
jusqu'à ce qu'on ait vu la longueur de ses jambes
et tout comment qu'il est bâti et comment qu'il
marche. Boudîe... j'ai jamais vu un cheval pareil.
Georges Gardner le montait et ils avançaient tout
doux, derrière le vieux type en haut-de-forme
gris qui marchait comme s'il avait été le M. Loyal
d'un cirque. Derrière *Monarch*, se coulant doucement et jaune au soleil, un beau noir à jolie tête
que Tommy Archibald montait ; et après le noir
il y avait encore une file de cinq chevaux qui
passèrent tous lentement en procession devant
la tribune et le pesage. Mon vieux dit que le noir
était *Orion* et je le regardai de tous mes yeux et
sans blague c'était un beau cheval, mais pas de
comparaison avec *Monarch*.

Tout le monde acclamait *Monarch* au passage
et, vrai, c'était un chouette cheval. Le cortège
s'en alla de l'autre côté de la pelouse et puis revint de ce côté-ci et M. Loyal fit lâcher les chevaux
par les garçons d'écurie, l'un après l'autre, de
façon qu'ils puissent galoper devant les tribunes
en se rendant au poteau et que tout le monde
puisse bien les voir. Ils étaient à peine au poteau
que le gong sonna et on les vit tout là-bas de
l'autre côté de la pelouse comme un tas de chevaux joujoux en peloton et prenant le premier
tournant. Je les regardais avec mes jumelles et
Monarch était tout en arrière, et un des bais me-

naît le train. Ils filèrent, tournèrent et passèrent
devant nous au galop et *Monarch* était loin derrière et *Orion* en tête allait bien. Mince alors, c'est
terrible quand ils vous passent devant et qu'il
faut les voir s'éloigner et rapetisser de plus en
plus et puis les voir tous en tas dans les tournants
et puis revenir dans la ligne droite et on voudrait
jurer et sacrer des « nom-de-Dieu! » tant que ça
peut. Enfin ils prirent le dernier tournant et vinrent dans la ligne droite, *Orion* bien en tête. Tout
le monde. avait un drôle d'air et répétait « *Monarch!* » d'une espèce de voix dolente pendant
que les chevaux arrivaient au galop, et alors quelque chose sortit du paquet juste au bout de ma
jumelle comme une flèche jaune à tête de cheval
et tout le monde commença de hurler « *Monarch!* »
à croire qu'ils étaient devenus dingos. *Monarch*
avançait plus vite que j'ai jamais vu et rappliquait sur *Orion* qui allait à toute la vitesse qu'un
cheval noir peut donner avec son jockey qui tape
dessus comme un sourd à coups de trique et ils
furent cou à cou pendant une seconde mais *Monarch* avait l'air d'aller deux fois plus vite avec
ses grands bonds et sa tête en avant — mais c'est
pendant qu'ils étaient cou à cou qu'ils passèrent
le poteau d'arrivée et quand on afficha les numéros
dans les cases le premier était le 2 et ça voulait
dire qu'*Orion* avait gagné.

Je me sentais tout tremblant et tout drôle, et
puis on s'écrasa avec les gens qui descendaient
pour aller attendre devant le tableau qu'on affiche
ce que faisait *Orion*. Sans blague, à suivre la course,
j'avais oublié ce que mon vieux avait mis sur
Orion tellement j'avais envie que *Monarch* gagne,
bon Dieu! Mais maintenant que c'était fini c'était
chouette de savoir qu'on avait le gagnant.

— Hein, c'était une chouette course, p'pa ?
que je lui dis.

Il me regarda d'un drôle d'air, son melon en
arrière.

— Georges Gardner est un jockey épatant, y
a pas, dit-il. Fallait vraiment un fameux jockey
pour empêcher un cheval comme *Monarch* de
gagner.

Bien sûr, j'avais toujours compris qu'il y avait
quelque chose. Mais que mon vieux le dise comme
ça tranquillement m'enleva tout mon plaisir et
je ne le retrouvai plus, même quand on afficha
les numéros sur le plateau et que la cloche sonna
pour payer et qu'on vit qu'*Orion* faisait 67 f 50
pour 10 francs. Tout autour de nous les gens
répétaient : « Pauvre *Monarch* ! Pauvre *Monarch* ! »
et je me disais que j'aurais bien voulu être jockey
et le monter à la place de cet enfant de salaud.
Et c'était drôle, de traiter Georges Gardner en
moi-même d'enfant de salaud parce que je l'avais
toujours aimé et qu'en plus de ça il nous avait
donné le gagnant, mais je crois que c'est pourtant
bien ce qu'il est.

Après cette course-là, mon vieux eut beaucoup
d'argent et se il mit à venir à Paris plus souvent.
Quand il y avait des courses au Tremblay il se
faisait descendre en ville par les copains qui re-
tournaient à Maisons et on allait s'asseoir tous
les deux à la terrasse du *Café de la Paix* et on
regardait passer le monde. C'est amusant de s'asseoir là. Il y a des files de gens qui passent et toutes
sortes de types qui s'approchent et essaient de
vous vendre des trucs, et j'adorais m'y asseoir
avec mon vieux. C'est là qu'on s'amusait le mieux.
Y avait des types qui vendaient des drôles de la-
pins qui sautaient quand on pressait une poire

et ils s'approchaient et mon vieux blaguait avec eux. Il parlait aussi bien français qu'anglais et tous ces types-là savaient ce qu'il était parce qu'on reconnaît toujours un jockey — et puis comme on s'asseyait toujours à la même table, ils s'habituèrent à nous. Il y avait des types qui vendaient le journal des jeunes filles à marier et des petites mômes qui vendaient des œufs en caoutchouc et quand on appuyait dessus il en sortait un coq et il y avait un vieux type à l'air miteux qui passait avec des vues de Paris qu'il montrait à tout le monde, et, comme de juste, jamais personne y en achetait, et alors il revenait et montrait le dessous du paquet de cartes postales et c'étaient rien que des cochonneries et alors beaucoup de gens fouillaient dans le tas pour en acheter.

Oui alors, je me les rappelle, tous ces drôles de gens qui passaient devant nous. Les femmes à l'heure du dîner qui cherchaient quelqu'un pour les emmener au restaurant et elles parlaient à mon vieux et il leur disait une blague et elles me tapotaient la tête et s'en allaient. Un jour à la table à côté de la nôtre il y avait une Américaine avec sa fille et elles étaient toutes les deux en train de manger une glace et je regardais la petite tant que je pouvais et elle était tout ce qu'il y a de jolie et je lui souris et elle me sourit, mais c'est tout ce qu'il en est jamais sorti parce que je l'ai cherchée, elle et sa mère, tous les jours, et j'avais pensé à la manière dont je lui parlerais et je me demandais, dans le cas où je ferais sa connaissance, si sa mère me la laisserait emmener à Auteuil ou au Tremblay, mais je ne les ai jamais revues ni l'une ni l'autre. N'importe comment je crois que ça n'aurait pas collé parce qu'en y repensant je me rappelle que ce que j'avais trouvé de mieux pour entrer en conversation était de lui dire : « Je vous demande pardon, mais si vous voulez je peux vous donner un gagnant pour Enghien aujourd'hui ? » et, après tout, peut-être qu'elle aurait pensé que j'étais un faiseur au lieu de quelqu'un qui voulait lui donner un gagnant pour de bon.

On s'installait au *Café de la Paix*, mon vieux et moi, et on était au mieux avec le garçon parce que mon vieux buvait des whiskies qui coûtaient cent sous, ce qui voulait dire un bon pourboire quand on comptait les soucoupes. Mon vieux buvait plus je l'avais jamais vu boire, mais il ne courait pas du tout à ce moment-là et en plus il disait que le whisky l'empêchait de prendre du poids. Mais je remarquais qu'il en ramassait quand même, y a pas à tortiller. Il avait laissé tomber la bande de copains à Maisons et n'avait l'air de se plaire que sur le Boulevard, assis à côté de moi. Mais il laissait tous les jours de l'argent aux courses. Si on avait perdu dans la journée, il avait l'air embêté après la dernière, jusqu'à ce qu'on ait retrouvé notre table et qu'il ait bu son premier whisky et alors tout allait bien.

Il lisait son *Paris-Sport* et il me regardait et disait :

— Où est ta bonne amie, Joe ? pour me blaguer parce que je lui avais raconté l'histoire de la petite à la table à côté.

Et je devenais rouge mais ça me plaisait d'être blagué à cause d'elle. Ça me causait une impression agréable.

— Ouvre l'œil et le bon, Joe, disait-il. Tu la reverras.

Il me posait des questions et des fois se mettait

à rire de ce que je lui disais. Et puis alors il commençait d'en raconter. Sur les courses qu'il avait
faites en Égypte ou à Saint-Moritz sur la glace
avant la mort de ma mère, et, pendant la guerre,
quand on faisait de vraies courses dans le Midi
sans prix ni mutuel, ni public, ni rien, seulement
pour entraîner les chevaux. De vraies courses
avec les jockeys menant les chevaux tant que ça
pouvait. Ah! là, là! j'aurais pu écouter mon vieux
pendant des heures, surtout quand il avait bu
un verre ou deux. Il me parlait du temps où il
était petit en Amérique, dans le Kentucky, et
qu'il allait chasser le *racoon* et la vieille vie en
Amérique avant que tout y devienne si moche.
Et il disait :

— Joe, quand on aura touché la grosse cote
tu y retourneras en Amérique, pour aller à l'école.

— Pourquoi que j'y retournerais pour aller à
l'école puisque tout y est devenu si moche? que
je lui demandais.

— Ça, c'est autre chose, disait-il ; et il appelait
le garçon et payait la pile de soucoupes et on
partait en taxi pour la gare Saint-Lazare et on
reprenait le train de Maisons.

Un jour, à Auteuil, après un steeple à réclamer,
mon vieux acheta le gagnant 30 000 francs. Il dut
enchérir un peu pour l'avoir mais, finalement,
l'écurie le laissa partir et en une semaine mon
vieux eut son permis et ses couleurs. Ah! là, là!
ce que j'étais fier que mon vieux soit devenu propriétaire. Il s'arrangea avec Charles Drake pour
une place d'écurie et cessa de venir à Paris, et
recommença de courir et de suer, et lui et moi on
constituait tout le personnel d'écurie. Le nom de
notre cheval était *Gilford*, il était de sang irlandais
et c'était un bon et joli sauteur. Mon vieux avait

calculé qu'en l'entraînant et en le montant lui-même c'était un bon placement. J'en étais fier comme tout et pour moi y avait pas de différence entre *Gilford* et *Monarch*. C'était un bon et solide sauteur, bai, avec de la vitesse en plat si on y en demandait, et c'était aussi un beau cheval.

Mince alors, ce que j'étais fou de lui! La première fois qu'il courut avec mon vieux sur le dos, il finit troisième dans une course de haies de 2500 mètres et, quand mon vieux en descendit, tout en sueur et l'air heureux, dans le stall des placés, et qu'il alla se faire peser, je me sentis aussi fier de lui que si ç'avait été la première course où il se soit placé. Vous comprenez, quand un type a pas monté de longtemps, on peut pas se mettre vraiment dans l'idée qu'il a jamais monté. Tout était changé à présent, parce que là-bas, à Milan, même les grandes courses n'avaient pas du tout l'air de faire de l'effet à mon vieux. S'il gagnait il n'était jamais excité ni rien, et à présent j'en étais à pouvoir à peine dormir la nuit d'avant et je savais que mon vieux était aussi excité que moi, même s'il n'en laissait rien voir. De courir pour soi, ça fait une sacrée différence.

La deuxième fois que *Gilford* et mon vieux prirent le départ, c'était un dimanche qu'il pleuvait, à Auteuil, dans le prix du Marat, un steeple de 4500 mètres. Aussitôt qu'ils furent sortis je cavalai en haut de la tribune avec les nouvelles jumelles que mon vieux m'avait achetées pour les regarder courir. Ils prirent le départ tout à l'autre bout du champ de courses et il y eut des difficultés. Une espèce de cheval avec des œillères à lunettes se cabrait et fit même péter le ruban, mais je voyais mon vieux en casquette noire et dans notre casaque noire à croix blanche, à cheval

sur *Gilford* et le caressant de la main. Et puis,
en un bond, ils furent partis et disparurent derrière
les arbres et le gong allait tant qu'il pouvait et
on entendait les guichets du mutuel qui descendaient. Boudîe!... J'étais tellement excité que
j'avais peur de regarder, mais j'en braquai pas
moins mes jumelles sur le point où ils allaient
sortir de derrière les arbres et tout d'un coup les
voilà avec cette vieille casaque noire troisième
qui volent par-dessus l'obstacle comme des oi-
seaux. Puis les voilà encore qui disparaissent et
puis ils arrivent de la colline au galop et ils allaient
tous bien en douceur et aisément et ils passèrent
par-dessus la barrière, coulant en un seul tas, et
ils s'éloignèrent de nous, tous d'aplomb. On aurait
pu leur marcher sur le dos tellement ils étaient
près les uns des autres et tellement ils coulaient.
Et puis, ils se gonflèrent au-dessus du grand Bull-
finch et quelqu'un tomba par terre. Je ne pouvais
pas voir qui c'était, mais en un instant le cheval
fut debout et se mit à galoper pendant que les
autres, toujours en peloton, rasaient le grand
tournant de gauche avant la ligne droite. Ils
sautèrent le mur de pierre et arrivèrent les uns
sur les autres par la ligne droite vers la grande
rivière juste en face des tribunes. Je les vis venir
et je hurlai quand mon vieux passa devant moi,
menant d'une longueur et courant en dehors du
peloton, léger comme un singe, et ils arrivaient
à la rivière et puis il y eut une dégringolade et
deux chevaux s'en tirèrent d'un écart et continuèrent de courir pendant que les trois autres
restaient empilés. Je ne voyais mon vieux nulle
part. Un cheval s'agenouilla et se remit sur ses
jambes et le jockey qui avait la bride en main
remonta dessus et partit à coups de cravache

vers l'argent de la place. L'autre cheval se releva
et partit tout seul avec ses rênes qui pendaient
secouant la tête et galopant et le jockey gagna
en titubant le côté de la piste et s'appuya à la
barrière. Alors *Gilford*, qui était sur mon vieux,
roula sur le côté, se releva et se mit à courir sur
trois pattes avec le sabot de la quatrième qui
pendait et mon vieux restait étendu sur l'herbe,
à plat sur le dos et la tête en l'air, et du sang sur
tout un côté de la figure. Je descendis de la tribune en courant et me jetai dans un rassemble-
ment et j'arrivai à la barrière et un flic m'attrapa
et me retint et deux gros brancardiers étaient
partis chercher mon vieux de l'autre côté du
champ de courses et je voyais trois chevaux,
loin les uns des autres, qui sortaient de derrière
les arbres et passaient l'obstacle.

Mon vieux était mort quand ils le ramenèrent
et, pendant qu'un docteur écoutait son cœur
avec un truc qu'il s'était fourré dans les oreilles,
j'entendis une détonation sur la piste, ce qui
voulait dire qu'on venait de tuer *Gilford*. Quand
ils apportèrent le brancard dans l'infirmerie je
me jetai sur mon vieux et je m'accrochai au
brancard et je pleurai et je pleurai, et il était si
blanc et avait l'air si loin et si terriblement mort,
et je ne pouvais pas m'empêcher de penser que,
puisque mon vieux était mort, c'était peut-être
pas la peine d'avoir tué *Gilford*. Son sabot aurait
pu se guérir. Je ne sais pas. Je l'aimais tellement,
mon vieux.

Et puis deux types entrèrent et y en a un qui
me donna une tape sur l'épaule. Puis ils s'approchèrent de mon vieux et le regardèrent et
puis ils enlevèrent un drap de la couchette et
l'étendirent sur lui ; puis y en a un qui téléphona

en français et demanda qu'on envoie l'ambu-
lance pour le ramener à Maisons. Et je ne pouvais pas m'arrêter de pleurer, de pleurer et d'étouf-
fer comme qui dirait, et Georges Gardner entra
et vint s'asseoir à côté de moi sur le parquet et
il passa son bras autour de moi et me dit :

— Allons, Joe, mon vieux gars. Lève-toi et
on va s'en aller tous les deux attendre l'ambu-
lance.

Quand on fut à la sortie, Georges et moi, j'es-
sayai de m'arrêter de chialer et Georges m'essuyait la figure avec son mouchoir et on se tenait
un peu à l'écart et deux types s'arrêtèrent près
de nous pendant qu'on attendait que la foule
sorte et y en avait un qui comptait un paquet
de tickets du mutuel et il dit :

— Eh bien, Butler a eu son compte, y a pas.

L'autre type répondit :

— Je m'en fous pas mal s'il l'a eu, c'te cra-
pule. C'est la monnaie de sa pièce.

— Tu parles, dit le premier.

Et il déchira son paquet de tickets en deux.

Et Georges Gardner me regarda pour voir si
j'avais entendu et en effet j'avais rien manqué
et il me dit :

— Fais pas attention à ce que ces andouilles
disaient, Joe. Ton vieux était un brave type.

Mais je ne sais pas. On dirait quand le monde
s'y met qu'il ne va rien vous laisser.

L'invincible

Manuel Garcia, ayant gravi les étages qui menaient au bureau de Retana, posa sa valise à terre et frappa. Il ne reçut pas de réponse. Manuel, debout sur le palier, sentait pourtant qu'il y avait quelqu'un. Il le sentait à travers la porte.

— Retana, fit-il, prêtant l'oreille.

Pas de réponse.

Tu es pourtant là, mon vieux, se disait Manuel.

— Retana! reprit-il; et il secoua la porte.

— Qu'est-ce que c'est? dit une voix à l'intérieur du bureau.

— C'est moi, Manolo, dit Manuel.

— Qu'est-ce que tu veux?

— Du travail, répondit Manuel.

Il entendit le bruit d'un verrou qu'on tournait plusieurs fois, puis la porte s'ouvrit. Manuel entra, sa valise à la main.

Un homme de courte taille se rasseyait à l'autre bout de la pièce, derrière un bureau. Au-dessus de lui se trouvait une tête de taureau, empaillée par un naturaliste de Madrid, et on voyait, sur les murs, des photographies dans leurs cadres et des affiches de corridas.

Le petit homme était assis et regardait Manuel.

— Je croyais qu'on t'avait tué, dit-il.

De ses doigts pliés, Manuel frappa sur le bois du bureau.

— Combien de corridas as-tu faites cette année ? reprit l'autre.

— Une, répondit Manuel.

— Rien que celle-ci ? dit le petit homme.

— C'est tout.

— J'en ai lu l'histoire dans les journaux. Et Retana se renversa sur sa chaise, regardant toujours Manuel.

Manuel considérait la tête empaillée. Il l'avait déjà vue bien des fois. Il éprouvait pour elle une sorte d'intérêt familial. C'était le taureau qui avait tué son frère, celui qui promettait tant, il y avait à peu près neuf ans de ça. Manuel se souvenait du jour. Au bas de l'écu de chêne sur lequel était montée la tête de l'animal, une plaque de cuivre luisait. Manuel ne pouvait pas la lire, mais il imaginait que c'était en mémoire de son frère. Eh oui, un brave gars.

La plaque disait que le taureau « Mariposa », duc de Veragua propriétaire, avait accepté 9 varas pour 7 caballos, et causé la mort d'Antonio Garcia, novillero, le 27 avril 1909.

Retana vit qu'il regardait la tête empaillée.

— Le lot que le Duc m'a envoyé pour dimanche va faire scandale, dit-il. Ils sont tous mauvais des jambes. Qu'est-ce qu'on en dit au café ?

— Je ne sais pas, répondit Manuel. J'arrive juste.

— En effet, fit Retana. Tu as encore ta valise.

Renversé derrière son grand bureau, il regardait Manuel.

— Assieds-toi, dit-il. Ote donc ta casquette.

Manuel s'assit ; sans coiffure, son visage n'était plus le même. Il paraissait pâle, et sa coleta, que des épingles maintenaient sur le haut de la tête de façon qu'elle n'apparût pas quand il avait sa casquette, lui donnait un air étrange.

— Tu as mauvaise mine, dit Retana.

— Je sors juste de l'hôpital, répondit Manuel.

— Quelqu'un me disait qu'on t'avait coupé la jambe.

— Non, dit Manuel. Tout s'est bien raccommodé.

Retana se pencha sur son bureau et poussa une boîte de cigarettes vers Manuel.

— Une cigarette ? dit-il.

— Merci.

Manuel l'alluma.

— Vous ne fumez pas ? demanda-t-il, offrant l'allumette à Retana.

— Non, dit Retana en agitant la main. Jamais.

Il regardait Manuel fumer.

— Pourquoi ne cherches-tu pas du travail ? dit-il.

— Je ne peux pas travailler, répondit Manuel. Je suis torero.

— Bah ! les toreros, ça n'existe plus.

— Je suis torero, répéta Manuel.

— Oui, tant que tu es *là-bas*.

Manuel se mit à rire.

— Je peux te mettre dans une course de nuit si ça te plaît, offrit Retana.

— Quand ? demanda Manuel.

— Demain soir.

— Je ne voudrais pas prendre la place d'un autre, dit Manuel. C'est comme ça qu'on se fait tuer tous. C'est comme ça que Salvator s'est fait tuer.

Il toucha la table du revers de son poing.

— C'est tout ce que j'ai à t'offrir, dit Retana.

— Et pourquoi pas la semaine prochaine ? suggéra Manuel.

— Tu ne ferais pas l'affaire. On ne veut que de Litri et de Rubito et de La Torre. Ces petits-là sont bons.

— On viendrait me voir y faire, dit Manuel, plein d'espoir.

— Non, on ne viendrait pas. On t'a oublié.

— J'ai pourtant de l'estomac.

— Je t'ai proposé de te prendre demain soir, dit Retana. Tu seras avec le petit Hernandez et tu auras deux novillos à tuer après les Charlots.

— Quels novillos ?

— Je ne sais pas. Ce qu'il y aura dans les corrals. Ce que les vétérinaires ne laissent pas passer le jour.

— Je ne voudrais pas prendre la place d'un autre, dit Manuel.

— Si tu ne veux pas la prendre, laisse-la.

Et Retana se pencha sur ses papiers. Il ne s'intéressait plus à Manuel. Le mouvement de sympathie qu'il avait eu pendant une minute, en repensant aux vieux jours, s'était évanoui. Il voulait bien l'engager pour remplacer Larita parce qu'il ne le paierait pas cher. Mais il y en avait bien d'autres qu'il pouvait avoir pour pas grand-chose. Pourtant, il lui serait venu en aide volontiers. Enfin il lui avait offert une chance. A lui d'en profiter.

— Qu'est-ce que je gagnerais ? demanda Manuel. Il était encore taquiné par l'envie de refuser. Mais il savait bien qu'il n'en aurait pas le courage.

— Deux cent cinquante pesetas, répondit Retana. Il avait pensé cinq cents, mais, en s'ou-

vrant, sa bouche avait dit d'elle-même : deux
cent cinquante.

— Vous en donnez sept mille à Villalta! dit
Manuel.

— Tu n'es pas Villalta.

— Je le sais.

— Il me les gagne, Manolo, dit Retana en
guise d'explication.

— Sans doute.

Manuel se leva.

— Mettons trois cents, Retana.

— Ça va, dit Retana. Il fouilla dans un tiroir
pour y prendre du papier.

— Pouvez-vous me donner cinquante pesetas
tout de suite? demanda Manuel.

— Bien entendu, dit Retana. Il sortit de son
portefeuille un billet de cinquante pesetas et le
posa, grand ouvert, à plat sur la table. Manuel
le prit et le mit dans sa poche.

— Et la cuadrilla? demanda-t-il.

— Il y a les gars qui travaillent la nuit pour
moi comme d'habitude, dit Retana. Ils ne sont
pas mauvais.

— Et les picadors?

— Il n'y en a pas beaucoup, admit Retana.

— Il me faut une bonne pique, dit Manuel.

— Cherches-en une alors, dit Retana. Va en
chercher une.

— Pas avec ça, dit Manuel. Je ne vais pas
payer une cuadrilla avec mes soixante douros.

Retana restait muet. De l'autre côté de son
large bureau, il considérait Manuel.

— Vous savez bien qu'il me faut une bonne
pique, insista Manuel.

Retana restait muet et regardait Manuel de
très loin.

— Ça n'est pas juste, dit Manuel.

Retana le considérait toujours, renversé sur sa chaise, le considérant de très loin.

— Il y a les piques réglementaires, laissa-t-il tomber.

— Je les connais, répondit Manuel. Je les connais vos piques réglementaires.

Retana n'eut pas un sourire. Manuel comprit qu'il était inutile d'insister.

— Tout ce que je veux c'est avoir partie égale, raisonna-t-il. Quand je serai là-bas, il faut qu'on me sonne le taureau pour que je puisse travailler. Je n'ai besoin que d'un bon picador.

Il parlait à un homme qui ne l'écoutait autant dire plus.

— Si tu veux un extra, dit Retana, va le chercher. Il y aura là-bas la cuadrilla réglementaire. Mais de tes picadors, tu peux en amener autant que tu voudras. La charlotada sera finie à dix heures et demie.

— Bien, dit Manuel. Si c'est comme ça que vous le prenez.

— C'est comme ça, répondit Retana.

— A demain soir, dit Manuel.

— Oui, je serai là-bas.

Manuel saisit sa valise et sortit.

— Ferme la porte, lui cria Retana.

Manuel se retourna : Retana était assis, penché en avant, examinant des papiers. Manuel tira la porte sur lui jusqu'à ce qu'il entendît claquer le pêne.

Il descendit l'escalier et, la porte franchie, se retrouva dans la chaude lumière de la rue. Le soleil donnait dur et la réverbération sur les murs blancs des immeubles l'aveuglait presque. Marchant du côté de l'ombre, il descendit la rue ensoleillée, se dirigeant vers la Puerta del Sol. L'ombre semblait palpable et fraîche comme de l'eau courante. Mais quand on traversait les voies transversales la chaleur s'abattait sur vous. Parmi tous les gens qu'il croisait, Manuel n'aperçut personne de connaissance.

Juste avant d'arriver à la Puerta del Sol il entra dans un café.

L'établissement était calme. Il y avait quelques personnes installées çà et là. Quatre hommes jouaient aux cartes. La plupart des clients étaient assis et fumaient, le dos au mur, avec des tasses à café et des verres à liqueur vides devant eux. Manuel ayant traversé la grande salle dans toute sa longueur en gagna une plus petite qui se trouvait derrière. Un homme dormait, assis dans un coin. Manuel prit place à une table.

Un garçon s'approcha.

— Vous n'avez pas vu Zurito? lui demanda Manuel.

— Il était ici avant le déjeuner, répondit le garçon. Il ne reviendra pas avant cinq heures.

—Donnez-moi un café-crème et un coup de raide, dit Manuel.

Le garçon s'éloigna, puis revint avec un plateau chargé de deux verres, dont un petit pour la liqueur. De la main gauche il tenait une bouteille d'eau-de-vie. Quand il eut posé le tout sur la table, un gamin qui le suivait avec deux verseuses à longs manches emplit le grand verre de lait et de café.

Manuel retira sa casquette et le garçon aperçut la queue-de-rat épinglée sur le dessus du crâne. Il cligna de l'œil au jeune verseur tout en remplissant le verre à liqueur d'eau-de-vie blanche. Le gamin regardait la figure pâle de Manuel avec curiosité.

— Vous courez ici ? demanda le garçon, en rebouchant sa bouteille.

— Oui, dit Manuel. Demain.

Le garçon restait là la bouteille sur la hanche.

— Vous êtes avec les Charlie Chaplins ? demanda-t-il.

Le petit verseur, mal à l'aise, détourna ses regards.

— Non. Dans l'ordinaire.

— Tiens, je pensais qu'on allait avoir Chaves et Hernandez, dit le garçon.

— Non, moi et un autre type.

— Qui ? Chaves ou Hernandez ?

— Hernandez, je crois.

— Qu'est-ce qui est arrivé à Chaves ?

— Il s'est fait moucher.

— Qui vous a dit ça ?

— Retana.

— Eh, Looie ! cria le garçon en se tournant vers l'autre salle. Chaves est cogida.

Manuel défit le papier qui enveloppait les morceaux de sucre et les laissa tomber dans son café. Il le remua, et but. C'était doux et chaud et ça semblait bon à son estomac vide. Il avala son eau-de-vie.

— Donnez-m'en encore un verre, dit-il au garçon.

Celui-ci déboucha la bouteille et remplit le verre par-dessus bord, remplissant même la soucoupe. Un autre garçon s'était approché de la table. Le petit verseur avait disparu.

— Chaves est bien mouché ? demanda le nouvel arrivant à Manuel.

— Je ne sais pas, répondit Manuel. Retana ne me l'a pas dit.

— Vous pensez s'il s'en fout, s'écria le grand gaillard.

Manuel ne le connaissait pas. Ce devait être un nouveau.

— Si c'est Retana qui s'occupe de vous ici, votre affaire est faite, proclamait-il. Si ce n'est pas lui, vous feriez aussi bien d'aller vous pendre tout de suite.

— Tu peux le dire! fit un troisième garçon qui venait d'entrer. Ça, tu peux le dire.

— Je comprends que je peux le dire, s'exclama l'autre. Je sais ce que je dis quand je parle de cet oiseau-là.

— Regardez ce qu'il a fait d'un type comme Villalta, dit le premier.

— Et il n'y a pas que lui, dit le grand. Regardez ce qu'il a fait de Marcial Lalanda. Regardez ce qu'il a fait de Nacional.

— Tu parles, mon vieux! confirma le dernier arrivé, qui était le plus petit des trois. Ils continuaient de discuter, debout devant la table de Manuel qui les suivait des yeux. Il avait bu son deuxième verre. Les garçons ne s'occupaient plus de lui. Il ne les intéressait pas.

— Regardez-moi cette bande de chameaux, disait le grand. Avez-vous déjà vu Nacional?

— Et qui est-ce que j'aurais vu dimanche, alors? répliqua le premier.

— Tu parles d'une grande gourde! dit le petit.

— Qu'est-ce que je te disais? reprit le grand. Tous ces types-là sont poussés par Retana.

— Eh! dites, donnez-m'en donc encore un verre, dit Manuel. Il avait versé dans sa tasse l'eau-de-vie de la soucoupe, et l'avait bue pendant que les autres discutaient.

Le premier garçon remplit machinalement le verre jusqu'au bord, puis tous les trois sortirent de la salle en causant.

L'homme qui était dans le coin du fond dormait
toujours, ronflant légèrement à chaque inspiration,
la nuque appuyée au mur et la tête relevée.

Manuel vida son verre. Il avait sommeil lui aussi.
Il faisait trop chaud pour aller en ville. D'ailleurs
il n'avait rien à faire. Il voulait voir Zurito. S'il
dormait, en l'attendant? Du pied il toucha sa valise pour s'assurer qu'elle était toujours sous la
table. Peut-être serait-elle plus en sûreté sous la
banquette. S'étant penché, il la poussa contre le
mur. Puis il s'accouda sur la table et s'endormit.

Quand il s'éveilla, quelqu'un était assis en face
de lui, de l'autre côté de la table : un grand gaillard
au visage basané comme celui d'un Indien. Il y
avait déjà quelque temps qu'il était là. Il avait
renvoyé le garçon d'un signe et s'était mis à lire
un journal. C'était pour lui un vrai travail. A me-
sure qu'il lisait un mot il le formait des lèvres.
Quand il en avait assez, il regardait Manuel dormir
la tête sur la table. Et l'homme restait lourdement
assis sur sa chaise, son chapeau noir — un Cordoba
— tiré sur le front.

Manuel releva les épaules et l'aperçut.

— Eh alors? Zurito, dit-il.

— Eh alors? petit, répondit le grand gaillard.

— Je viens de faire un somme, dit Manuel en se
rottant le front du poing.

— C'est ce qu'on dirait.

— Comment ça va?

— Bien. Et toi, comment ça va?

— Moins bien.

Tous deux gardèrent le silence. Zurito, le picador,
onsidérait la figure pâle de Manuel. Et Manuel

regardait les énormes mains du picador plier le
journal et le remettre dans une poche.

— J'ai un service à te demander, Manos, dit
Manuel.

Manosduros, tel était le sobriquet de Zurito. Et
celui-ci ne l'entendait jamais sans penser à ses
larges mains. Il les posa sur la table.

— Si on prenait quelque chose, dit-il.

— On peut, dit Manuel.

Le garçon vint, partit, revint. Puis il sortit de
la salle en se retournant pour voir les deux hommes
attablés.

— Qu'est-ce que c'est, Manolo? dit Zurito en
posant son verre.

— Veux-tu piquer demain soir deux taureaux
pour moi? demanda Manuel en levant les yeux
vers lui.

— Non, dit Zurito. Je ne pique plus.

Manuel baissa la tête et regarda son verre. Il
s'attendait à cette réponse. Eh bien, il l'avait. Il
l'avait, voilà tout.

— Je regrette, Manolo, mais je ne pique plus.

Zurito regardait ses mains.

— N'en parlons plus, dit Manuel.

— Je suis trop vieux, dit Zurito.

— C'était histoire de te demander, dit Manuel.

— Demain, c'est la nocturne?

— Oui. Et je m'étais dit comme ça que si je
trouvais une bonne pique je pourrais m'en tirer.

— Combien touches-tu?

— Trois cents pesetas.

— Je gagne plus que ça à piquer.

— Je sais bien, dit Manuel. Je n'aurais pas dû
te demander.

— Pourquoi restes-tu dans le métier? demanda
Zurito. Pourquoi ne coupes-tu pas ta coleta, Manolo?

— Je n'en sais rien, reprit Manuel. C'est plus fort que moi. Si j'avais seulement partie égale je n'en demanderais pas plus. Je ne pourrais pas faire autre chose, Manos.

— Mais si, tu pourrais.

— Non, je ne pourrais pas. D'ailleurs je marchais bien ces temps-ci.

Zurito le dévisagea.

— Tu sors de l'hôpital.

— Mais je marchais rudement bien quand je me suis fait moucher.

Zurito ne répondit rien. Il versait dans son verre le cognac de sa soucoupe.

— Les journaux ont dit que jamais on n'avait vu un tel travail de la muleta.

Zurito le regarda.

— Tu sais que quand je m'y mets ça marche, reprit Manuel.

— Tu es trop vieux, dit l'autre.

— Non, dit Manuel. Tu as dix ans de plus que moi.

— Moi, c'est pas la même chose.

— Je ne suis pas trop vieux, dit Manuel.

Ils restèrent silencieux. Manuel épiait le visage du picador.

— Je marchais rudement bien quand je me suis fait moucher, dit-il. J'aurais voulu que tu me voies, Manos, ajouta-t-il sur un ton de reproche.

— Je ne tiens pas à te voir, dit Zurito. Ça m'énerve de trop.

— Tu ne m'as pas vu dernièrement.

— Je t'ai bien assez vu.

Zurito regarda Manuel en évitant son regard.

— Tu devrais laisser ça là, Manolo.

— Je ne peux pas. Et puis je te dis que je marche bien en ce moment.

Zurito se pencha en avant, les mains sur la table.

— Écoute. Je piquerai pour toi demain soir mais si ça ne marche pas bien tu lâcheras. Hein ? C'est entendu ?

— Entendu.

Soulagé, Zurito se renversa en arrière.

— Il faut que tu laisses tomber, dit-il. Pas de chinoiseries. Il faut que tu coupes ta coleta.

— Je n'aurai pas besoin de laisser tomber, dit Manuel. Tu verras. J'ai de l'estomac.

Zurito se leva. Il était fatigué de discuter.

— Il faut que tu laisses tomber, répéta-t-il. C'est moi qui te couperai la coleta.

— Non, tu ne me la couperas pas. Tu n'auras pas de raison.

Zurito appela le garçon.

— Allons-nous-en, dit-il. Allons-nous-en chez moi.

Manuel se pencha pour prendre sa valise sous la banquette. Il était content. Zurito allait piquer pour lui. C'était le meilleur des picadors. Tout irait bien maintenant.

— Allons-nous-en chez moi manger un morceau, disait Zurito.

. . . .

Manuel, debout dans le patio de caballos, attendait que les Charlie Chaplins aient fini. Zurito était à côté de lui. Il faisait sombre dans le patio, le grand portail qui donnait sur le cirque étant hermétiquement clos. Au-dessus de leurs têtes ils entendirent une grande clameur, puis le roulement des rires. Puis le silence. Manuel aimait cette odeur qui venait des étables, tout autour. Ça sentait bon dans l'ombre. Il vint de l'arène un autre gronde-

ment et puis des bravos, des bravos prolongés, à
n'en plus finir.

— Tu n'as jamais vu ces types-là ? demanda
Zurito qui, dans l'obscurité, semblait comme grandi.

— Non, dit Manuel.

— Ils sont joliment drôles, dit Zurito en souriant tout seul dans l'ombre.

La grande porte à double battant s'ouvrit.
Manuel aperçut la piste sous la lumière crue des
lampes à arc et la *plaza* noire, qui montait très
haut tout autour. Au bord de la piste, saluant à
la ronde, couraient deux hommes vêtus comme
des vagabonds, suivis d'un troisième habillé en
groom qui se penchait et ramassait les chapeaux
et les cannes qu'on avait jetés dans le cirque et
les relançait en l'air dans la nuit.

Les lampes électriques du patio s'allumèrent.

— Je m'en vais monter sur un des canassons
pendant que tu réuniras tes gars, dit Zurito.

Derrière eux tintèrent les grelots des mules qu'on
sortait dans l'arène pour les atteler au cadavre du
taureau.

Les membres de la cuadrilla qui, du passage
courant entre la barrera et l'amphithéâtre, avaient
assisté à la course burlesque, revinrent dans le
patio et, réunis en un groupe, se mirent à bavarder
sous les lumières.

Un jeune gaillard bien découplé, en costume
orange brodé d'argent, vint à Manuel et sourit.

— C'est moi Hernandez, dit-il en tendant sa
main.

Manuel la serra.

— Ce sont de véritables éléphants que nous
avons ce soir, dit le jeune homme d'un air cordial.

— Oui, de grosses bêtes à cornes, approuva
Manuel.

— Vous avez tiré le plus mauvais lot, dit le jeune homme.

— Qu'importe! dit Manuel. Plus ils sont gros plus ça fait de viande pour les pauvres.

Hernandez se mit à rire.

— Où avez-vous appris ça? dit-il.

— C'est une vieille blague, répondit Manuel. Aligne donc ta cuadrilla que je voie mes gars.

— Il y en a quelques-uns qui ne sont pas mauvais, dit Hernandez.

Il avait l'air tout joyeux. Ça faisait trois fois qu'il courait dans des nocturnes et il commençait d'avoir des fidèles à Madrid. Il était content que la course fût sur le point de commencer.

— Où sont les piques? demanda Manuel.

— Au fond des corrals en train de se battre pour savoir qui aura le plus superbe cheval, dit Hernandez en ricanant.

Les mules passèrent la grille en trombe; les fouets claquaient, les grelots sonnaient, et le jeune taureau creusait un sillon dans le sable.

Ils prirent leurs places pour le paseo dès que le taureau fut passé : Manuel et Hernandez en tête; puis les jeunes de la cuadrilla avec leurs lourdes capes pliées sur le bras gauche; et enfin, les quatre picadors montés, dont les piques se dressaient comme des lances dans la pénombre du corral.

— C'est tout de même étonnant que Retana ne nous éclaire jamais assez pour qu'on puisse voir les chevaux, disait un picador.

— Il sait qu'on sera plus tranquille si on ne regarde pas ces cadavres-là de trop près, répondit un autre.

— C'est tout juste si l'outil sur lequel je suis peut me lever du sol, reprit un troisième.

— Des sardines pour l'usine de conserves.

Ils riaient dans l'ombre, à califourchon sur leurs rosses efflanquées.

Zurito ne disait rien. Il avait la seule bête du lot qui tînt d'aplomb sur ses pattes. Il l'avait essayée en la faisant tourner dans le corral et elle répondait au mors et à l'éperon. Il avait enlevé le bandeau qui lui cachait l'œil droit et coupé les ficelles qu'on avait serrées étroitement en bas de ses oreilles. C'était un bon et fort cheval, solide sur ses pattes. C'est tout ce qu'il lui fallait. Il se proposait de le monter pendant toute la corrida. Depuis que dans la pénombre il s'était mis à cheval sur sa grosse selle rembourrée, il avait déjà, en attendant le paseo, arrêté dans sa tête la manière dont il piquerait, depuis le commencement jusqu'à la fin de la course. Les autres picadors s'entretenaient à ses côtés. Il ne les entendait pas.

Les deux matadors se tenaient l'un près de l'autre, précédant les trois péons et portant comme eux leur cape sur le bras. Manuel songeait à ces trois jeunes hommes qui étaient derrière lui. C'étaient tous les trois des Madrilènes, comme Hernandez, des garçons de dix-neuf ans. Il aimait l'allure de l'un deux : un Gitane à la mine grave, distante, et au visage bronzé. Manuel se retourna.

— Comment t'appelles-tu, mon gars ? demanda-t-il.

— Fuentes.

— C'est un joli nom.

Le Gitane sourit, montrant ses dents.

— Quand il entrera tu prendras le taureau et tu le feras courir un peu, dit Manuel.

— Bien, répondit le Gitane. Son visage redevint sérieux. Il réfléchissait à ce qu'il allait faire.

— Voilà, c'est le moment ! dit Manuel à Hernandez.

— Allons-y.

La tête droite, se balançant au rythme de la musique, leurs bras droits battant largement, ils avançaient, traversant la piste sablée sous la lumière des lampes à arc. La cuadrilla s'élargissait en triangle ; les picadors suivaient sur leurs montures, puis venaient les garçons de piste et les mules avec leurs grelots. Tandis qu'ils traversaient l'arène, le public applaudissait Hernandez. Et eux marchaient avec arrogance, en se dandinant, regardant droit devant eux.

Ils saluèrent le président et le cortège se démembra. Les matadors et les péons s'approchèrent de la barrera et changèrent leurs lourds manteaux contre de légères capes de combat. Les mules sortirent. Les cavaliers piquèrent un galop saccadé autour de la piste et deux d'entre eux refranchirent la grille par où ils étaient entrés. Les garçons balayaient le sable et l'égalisaient.

Manuel but un verre d'eau que lui passa un employé mis à sa disposition par Retana ; c'était l'homme qui allait faire fonction de manager et lui passer l'estoc quand le moment serait venu. Hernandez qui venait de causer avec son propre manager s'approcha.

— Tu as la bonne cote, petit, lui dit Manuel pour le complimenter.

— Oui, je leur plais, dit Hernandez d'un air heureux.

— Qu'est-ce que vous dites de ce paseo ? demanda Manuel à l'employé de Retana.

— Un vrai mariage, répondit l'autre. Épatant. Vous êtes entrés, mes gaillards, comme Joselito et Belmonte.

Zurito passa près d'eux, pareil à une énorme statue équestre. Faisant virer sa monture, il la

plaça face au toril dont on voyait la porte rouge
de l'autre côté de la piste. Tout lui semblait bizarre
sous cette lumière artificielle. D'habitude il piquait
dans le chaud soleil de l'après-midi, et pour la
forte somme. Ces fourbis de becs électriques ne
lui plaisaient guère. Il aurait bien voulu qu'on
commence.

Manuel s'approcha de lui.

— Pique-le, Manos, dit-il. Sonne-le-moi comme
il faut.

— Je le piquerai, petit, dit Zurito en crachant
sur le sable. Je lui ferai sauter la barrière.

— Pèse dessus, Manos.

— Je pèserai dessus, répondit Zurito. Qu'est-ce
qu'on attend ?

— Le voilà qui sort, dit Manuel.

Zurito restait là, ses pieds dans la boîte des
étriers ; ses grandes jambes, sous le cuissard re-
couvert de peau de chèvre, étreignaient le cheval ;
les rênes dans la main gauche, la grande pique dans
la droite, son large chapeau bien enfoncé sur les
yeux pour les abriter de la lumière, il regardait la
porte lointaine du toril. Les oreilles de sa monture
frémissaient. Il la caressa de la main.

La porte rouge s'ouvrit et, durant une minute,
Zurito regarda la voûte déserte, là-bas, de l'autre
côté de l'arène. Le taureau sortit en coup de vent.
Il patina sur ses quatre sabots quand il arriva sous
les lumières, puis se lançant au galop, avançant
souplement dans un galop rapide, silencieux sauf
quand il soufflait par ses larges naseaux, il chargea,
heureux de se voir libre au sortir de son obscur
réduit.

Au premier rang des gradins, ne s'amusant guère,
courbé en deux pour s'appuyer sur le mur de ci-
ment qui touchait ses genoux, le journaliste chargé

par intérim de la rubrique tauromachique d'*El
Heraldo* griffonna : « Campagnero, Negro, 42, fait
son entrée à 100 kilomètres à l'heure et tous les
gaz. »

Manuel, qui, adossé à la barrière, avait suivi la
bête des yeux, fit un signe et le Gitane se mit à
courir, traînant sa cape derrière lui. Le taureau
fit un détour en plein galop et se précipita sur la
cape, tête baissée et la queue en l'air. Le Gitane
décrivait des zigzags mais le taureau finit par
l'apercevoir et laissa la cape pour charger contre
l'homme, qui courut et franchit les planches rouges
de la barrera au moment où le taureau atteignait
celle-ci. A deux reprises, la bête se jeta dessus,
frappant aveuglément le bois de ses cornes.

Le journaliste d'*El Heraldo* alluma une cigarette
et, jetant l'allumette vers le taureau, écrivit sur son
bloc-notes : « Râblé et avec des cornes assez longues
pour satisfaire les payants, Campagnero montre dès
le début une tendance à pénétrer sur le *terrain* des
toreros. »

Tandis que le taureau tapait dans la palissade,
Manuel s'avançait, foulant le sable compact. Du
coin de l'œil il apercevait à gauche Zurito juché
sur son cheval blanc près de la barrera à une distance d'un quart de tour. Manuel tenait la cape par
le col, et il provoqua le taureau : « Ouh! ouh! » Le
taureau se retourna, et on aurait dit qu'il s'appuyait contre la palissade pour se précipiter avec
plus de furie. Il fonça dans la cape, et Manuel, faisant un pas de côté et pivotant sur les talons pour
éviter la charge, fit passer la cape juste en face de
ses cornes. A la fin de la passe il se retourna devant
le taureau, la cape contre sa poitrine, et quand le
taureau chargea, il pivota de nouveau. A chaque
passe, la foule hurlait.

Il en réussit quatre de la même façon, levant la cape pour qu'elle se gonflât bien, et amenant chaque fois le taureau à charger encore. Puis, à la fin de la cinquième, il mit la cape contre sa hanche et pirouetta de telle façon qu'elle s'ouvrit comme un tutu de danseuse, faisant enrouler le taureau sur lui-même comme une ceinture. Et Manuel s'échappa, laissant le taureau face à Zurito qui venait d'arriver sur son cheval blanc et s'était planté ferme, sa bête faisant face au taureau, oreilles en avant, naseaux frémissants, et Zurito, le chapeau sur les oreilles, penché d'un côté de l'encolure, avec sous le bras droit la grande pique qui dépassait par-devant et par-derrière et formait un angle aigu, inclinée vers le col, la pointe ferrée triangulaire menaçant le taureau.

Le critique tauromachique de deuxième zone, tirant des bouffées de sa cigarette, les yeux sur le taureau, écrivit : « Le vétéran Manolo réussit une série de veronicas satisfaisantes qui prennent fin sur un *recorte* très belmontistique qui lui vaut les applaudissements des *aficionados* et nous arrivons au tercio de la cavalerie. »

Zurito sur son cheval calculait la distance qu'il y avait entre le taureau et le bout de sa pique. Le taureau se ramassa sur lui-même et chargea, les yeux sur le poitrail du cheval. Au moment où il baissait la tête pour donner son coup de corne, Zurito lui enfonça sa pique au-dessus de l'épaule gauche, dans l'épaisseur du garrot. Appuyant de tout son poids sur la lance, de sa main libre il fit cabrer son cheval, dont les sabots de devant battirent l'air, et, le faisant tourner à droite, il poussa le taureau par-dessous, de telle sorte que les cornes passèrent sans dommage sous le ventre du cheval, qui retomba à terre, frémissant, la queue du taureau lui frôlant le poil tandis que celui-ci se précipitait sur une cape qu'on agitait devant ses yeux.

Hernandez courait de côté, attirant avec sa cape le taureau vers l'autre picador. Il l'arrêta par une passe en face du cavalier et de sa monture, et se retira. Aussitôt que le taureau eut aperçu le cheval, il fonça. La lance glissa sur son échine et, comme la violence du choc soulevait le cheval, le picador, qui était déjà à moitié hors de selle, dégagea sa jambe droite aussitôt après avoir manqué son coup, se laissant tomber sur le côté gauche de manière que le cheval restât entre lui et le taureau. Soulevée, éventrée, la bête s'écroula sur le sable, toujours labourée par le taureau. Le picador, poussant sa monture des bottes, se dégagea davantage et attendit qu'on vînt le retirer, le relever, et le mettre sur ses jambes.

Manuel laissa le taureau s'acharner sur le cheval, il avait le temps, le picador n'était pas en danger, d'ailleurs à un picador comme ça, un peu d'émotion ferait du bien. Pouilleux de picador! Il regarda Zurito qui, de l'autre côté de l'arène, non loin de la barrera, attendait sur son cheval, rigide comme un bronze.

« Ouh! » fit Manuel. « Ouh! » fit-il en tenant la cape à deux mains pour mieux attirer les regards du taureau, qui abandonna le cheval et fonça. Manuel, courant de côté et tenant la cape bien écartée, s'arrêta, pivota sur les talons et arrêta court le taureau, face à Zurito.

« Campagnero échange une paire de *varas* contre la mort d'une rossinante avec Hernandez et Manolo aux *quites* », écrivait le journaliste. « Il pousse contre le fer et montre clairement qu'il n'aime pas les chevaux. Le vétéran Zurito fait revivre quelques-

uns de ses vieux coups de pique ; entre autres
la *suerte.* »

— Olé! Olé! hurlait un spectateur assis derrière
lui.

Le cri frappa le journaliste derrière la tête et se
perdit dans le rugissement de la foule. Il leva le
front pour voir Zurito, juste en face de ses yeux —
il était penché très en avant de son cheval, appuyant sur la pique de tout son poids, maintenant le
taureau — et celui-ci poussant et s'efforçant d'atteindre le cheval, et Zurito, à l'autre extrémité de
la lance, juste au-dessus de la bête, qui la maintenait, la maintenait et faisait lentement pivoter sa
monture à l'encontre de la poussée de telle sorte
qu'elle se trouva enfin dégagée. Zurito sentit alors
que le taureau pouvait passer, il relâcha son inflé-
chissable résistance et la pointe triangulaire de la
pique déchira le morillo du taureau comme celui-ci
s'arrachait pour se trouver avec la cape de Hernandez en face du mufle.

Zurito caressait son cheval et suivait des yeux
le taureau qui fonçait aveuglément dans la cape
que Hernandez agitait devant lui au milieu de
l'arène, en pleine lumière et sous les hurlements de
la foule.

— Tu as vu ça ? dit Zurito à Manuel.

— C'était épatant, répondit Manuel.

— Je l'ai sonné cette fois, reprit le picador. Regarde-le maintenant.

A la fin d'une passe de cape serrée de près, le
taureau glissa et tomba sur les genoux. Il se releva
aussitôt, mais, malgré la distance, Manuel et Zurito virent, sur le noir de la robe, le velours d'un
filet de sang qui, doucement, s'écoulait.

— Je l'ai sonné, dit Zurito.

— C'est un bon taureau, dit Manuel.

— Si on me le laisse encore un coup, cette fois je le tue, dit Zurito.

— Mais ils ne vont pas tarder de changer le tercio, dit Manuel.

— Regarde-le maintenant, dit Zurito.

— Il faut que j'aille là-bas, dit Manuel.

Et il partit en courant vers l'autre côté de la piste où les monos amenaient au taureau un cheval qu'ils tiraient sur la bride. Ils lui fouettaient les jambes à coups de corde et toute la cuadrilla essayait de faire avancer la bête vers le taureau qui baissait le front et grattait le sable du sabot sans pouvoir se décider à charger.

Zurito, qui dirigeait son cheval vers la scène et ne manquait pas un coup d'œil, fronça les sourcils.

Enfin le taureau s'élança, les hommes, qui tenaient le cheval, coururent à la barrera, le picador toucha le taureau trop en arrière, et celui-ci passa sous le cheval, le soulevant et l'enlevant sur ses cornes.

Zurito suivait la scène. Les monos en chemise rouge de courir pour dégager le picador. Le picador, de nouveau sur pied, de jurer et de battre les bras. Manuel et Hernandez d'apprêter leurs capes. Et le taureau, le grand taureau noir, ayant sur le dos un cheval dont les sabots pendaient, la bride prise dans ses cornes, et le noir taureau, un cheval sur l'échine, de tituber sur ses courtes jambes, et de bander le cou et de le relever d'un coup sec et de galoper pour faire glisser le cheval, et le cheval de tomber à terre. Et le taureau de partir alors dans une charge haletante vers la cape que Manuel écartait devant lui.

La bête était plus lourde maintenant, Manuel le sentait. Elle saignait beaucoup. Manuel fit un pas de côté et leva les bras, ramassant la cape

pour la *veronica*. Et le taureau avançait, les yeux
ouverts, laid, épiant l'étoffe. Oui, il baissait la
tête un peu. Il la portait bas. C'était la main de
Zurito.

Manuel agita la cape — le voici! Il s'écarta
et cette passe faite se trouva prêt pour une autre.
Il cogne bougrement juste, pensait-il. Il s'est
battu et maintenant il fait attention. Maintenant
il nous cherche. Tient son œil sur moi. Mais c'est
toujours la cape que j'lui donne.

Il agita l'étoffe vers le taureau, — le voilà! Il
s'écarta. Bougrement près cette fois. Faut pas
que je travaille aussi près que ça.

Le bord de la cape était trempé par le sang du
taureau aux endroits où elle avait balayé l'échine.

— Bon, à la dernière, maintenant.

— Ouh! fit Manuel, Toro!

Et, rejetant le buste en arrière, il présentait
la cape. Le voilà! Il s'écarta, lança la cape derrière lui et tourna sur lui-même de telle sorte que
le taureau, suivant un tourbillon de l'étoffe, se
retrouva tout seul, abasourdi par la passe, dompté
par cette étoffe rouge. Manuel fit passer d'une
main sa cape sous le mufle de la bête pour montrer
qu'elle était domptée, puis il s'éloigna.

Personne n'applaudit.

Manuel, en se dirigeant vers la barrera, aperçut Zurito qui sortait du cirque. Une sonnerie
de trompette avait annoncé la suerte des banderilles pendant que Manuel travaillait le taureau. Il n'en avait pas eu conscience. Sur les
cadavres des deux chevaux les monos étendaient des
toiles, puis ils répandirent de la sciure tout autour.

Manuel s'approcha de la barrera pour boire
un peu d'eau, et l'employé de Retana lui passa
une grosse cruche de grès.

Fuentes, le grand Gitane, se tenait là, sa paire de banderilles à la main, deux fines baguettes rouges avec un hameçon à la pointe. Il regardait Manuel.

— Vas-y, lui dit Manuel.

Le Gitane prit sa course. Manuel posa la cruche et regarda, tout en s'essuyant le visage avec son mouchoir.

Le journaliste d'*El Heraldo* prit la bouteille de champagne tiède qui était entre ses pieds, but un peu, et termina son paragraphe :

« Le vieux Manolo termine sans bravos une quelconque série de lancés de cape et nous entrons dans le tercio des « bâtons ».

Le taureau, seul au centre de l'arène, semblait encore étourdi. Et Fuentes, bien découplé, le dos plat, de se diriger vers lui fièrement, les deux minces baguettes rouges brandies au-dessus de sa tête, une dans chaque main, brandies par les doigts, les pointes en avant. Derrière et à côté de lui, deux péons avec leurs capes. Le taureau le regarda et son étourdissement parut se dissiper.

Ses yeux fixaient Fuentes, qui maintenant était immobile, qui maintenant cambrait le buste et le provoquait. Fuentes remuaït ses banderilles et le scintillement des pointes d'acier attira le regard du taureau.

Il leva la queue et chargea.

Il fonça droit, les yeux sur l'homme. Fuentes ne bougeait pas, toujours cambré, les pointes des banderilles en avant. Quand le taureau baissa la tête pour donner un coup de corne, Fuentes plongea, les deux mains rapprochées, les banderilles comme deux flèches rouges qui s'abattaient, et il piqua les crochets dans le garrot de l'animal, se jetant par-dessus ses cornes et pivotant autour

des bâtons plantés verticalement, les deux jambes
serrées l'une contre l'autre, son corps incurvé
d'un côté pour laisser passer le taureau.

— Olé! cria la foule.

Le taureau donnait des coups de corne sau-
vages, sautant comme une truite, les quatre pieds
quittant le sol. A chaque bond les bois rouges
des banderilles tressautaient. Manuel, debout
près de la barrera, remarqua qu'il donnait toujours son coup de corne à droite.

— Dis-lui de poser les prochaines à droite,
lança-t-il au gamin qui courait porter à Fuentes
la seconde paire de banderilles.

Une lourde main tomba sur son épaule. C'était
Zurito.

— Comment ça va, petit? demanda-t-il.

Manuel observait le taureau.

Zurito se pencha sur la barrera, appuyant le
poids de son corps sur ses bras. Manuel se tourna
vers lui.

— Tu marches bien, lui dit Zurito.

Manuel hocha la tête. Il n'avait rien à faire
maintenant jusqu'au prochain tercio. Ce Gitane
était très adroit aux banderilles. Le taureau
allait lui arriver en bon état. C'était un bon taureau. Tout avait été facile jusqu'à présent. Le
machin final de l'estoc, voilà ce qui l'embêtait.
Ça ne l'embêtait pas dans le moment même. Il
n'y pensait guère. Mais à rester là, comme ça,
il avait un pénible sentiment d'appréhension.
Il regardait du côté du taureau méditant sa *faena*,
son travail de la muleta qui devait subjuguer le
taureau, le rendre maniable.

Le Gitane s'approchait une fois de plus du taureau, avec arrogance, d'un pas aussi posé que celui
d'un danseur dans une salle de bal, balançant

en marchant les rouges baguettes des banderilles. Le taureau l'attendait. Il n'était plus étourdi, mais à l'affût et attendait que l'homme fût assez près pour l'attraper à coup sûr. Pour lui rentrer ses cornes dans le corps.

Il chargea. Fuentes décrivit un quart de cercle et quand la bête, qui revenait au galop, passa près de lui, il l'esquiva, s'arrêta, et dressé sur la pointe des pieds, les bras allongés, il piqua les banderilles juste en plein dans l'épaisseur du garrot au moment précis où le taureau le manquait.

L'assistance était folle.

— Ce gars-là ne va pas rester longtemps dans les nocturnes, dit à Zurito l'employé de Retana.

— Il est bon, dit Zurito.

— Regarde-le donc.

Fuentes était debout, tournant le dos à la barrera. Deux hommes de la cuadrilla étaient derrière lui, les capes prêtes à battre la palissade pour distraire l'attention du taureau. La langue pendante, le tronc lourd, celui-ci épiait le Gitane. Il le tenait maintenant, pensait-il. Le dos à la palissade. Juste une petite charge.

Le Gitane cambra le buste, leva les bras, les banderilles tournées vers le taureau. Il l'excita, tapa du pied. Le taureau se méfiait. C'est l'homme qu'il voulait. Plus de crochets dans l'épaule.

Fuentes s'approcha davantage. Se cambra. Provoqua encore. Dans la foule quelqu'un lui cria de faire attention.

— Il est trop près, bon Dieu! dit Zurito.

— Regarde-le, dit l'employé de Retana.

Se penchant en arrière, excitant le taureau de ses banderilles, Fuentes sauta, quittant terre des deux pieds. Le taureau leva la queue et fonça. Fuentes retomba sur la pointe des pieds, les bras

allongés, tout le corps se pliant comme un arc
vers le taureau, et il planta ses banderilles en même
temps qu'il dérobait son corps à la corne de droite.

Le taureau s'écrasa contre la barrière où les
capes battantes avaient attiré ses yeux qui venaient de perdre l'homme de vue.

Le Gitane revenait vers Manuel, courant le long
de l'enceinte sous les bravos de la foule. Sa veste
avait été déchirée par la pointe d'une corne. Il
en était très fier et la montrait aux spectateurs.
Il fit le tour de la piste. Zurito le vit passer, ra-
dieux, montrant sa veste. Il sourit.

Quelqu'un était en train de poser la dernière
paire de banderilles. Mais personne n'y faisait
attention.

L'employé de Retana glissa un bâton dans la
muleta, roula l'étoffe rouge autour du bâton et
passa le tout à Manuel par-dessus la palissade.
Il fouilla dans une boîte, y prit une épée et, la
tenant par son fourreau de cuir, la tendit également par-dessus la barrera. Manuel tira la lame
par la poignée rouge et le mol étui retomba.

Il regarda Zurito. Le grand gaillard vit qu'il
était en sueur.

— Maintenant tu vas l'avoir, petit, dit Zurito.

Manuel approuva de la tête.

— Il est à point, dit Zurito.

— Juste comme il te le fallait, assura l'employé de Retana.

Manuel approuva de la tête.

La trompette sonna le tercio final et Manuel
traversa l'arène, se dirigeant vers l'endroit où,
dans une loge obscure, devait être le Président.

Au premier rang des gradins, le critique tauromachique par intérim d'*El Heraldo* but une
longue gorgée de son champagne tiède. Il venait

de se dire que, décidément, ce n'était pas la peine
de prendre des notes sur place et qu'il ferait aussi
bien son papier à la salle de rédaction. Que diable
était-ce après tout? Une méchante nocturne!
S'il ratait quelque chose il l'apprendrait demain
par les journaux du matin. Il but une autre gorgée
de champagne. Il avait un rendez-vous chez
Maxim's à minuit. Qu'est-ce que c'était après tout
que ces toreros? Des mômes et des voyous. Une
bande de voyous. Il fourra son bloc-notes dans
sa poche et regarda du côté où Manuel, tout seul
au milieu du cirque, faisait avec sa toque un grand
salut vers une loge invisible, perdue là-haut dans
la noire *plaza*. Le taureau était tranquille et ne
regardait rien.

— Je dédie ce taureau, à vous, Señor Presi-
dente, et au public de Madrid, le plus averti et
le meilleur de tous — voilà ce que Manuel était
en train de dire. C'était une formule. Il la dit sans
changer un mot. C'était un peu pompeux pour
une nocturne.

Il salua l'ombre, se redressa, lança sa coiffure
par-dessus son épaule et, la muleta dans la main
gauche et l'épée dans la droite, il se dirigea vers
le taureau.

Le taureau le regarda venir. Son œil était vif.
Manuel remarqua la façon dont les banderilles
pendaient sur l'épaule gauche et le filet de sang
qui coulait des blessures causées par la pique de
Zurito. Il remarqua la manière dont les pattes du
taureau étaient placées. Et tout en avançant, la
muleta dans une main et l'épée dans l'autre, il
surveillait les pattes du taureau. Jamais un taureau ne charge sans les rapprocher au préalable.
Mais les siennes étaient écartées et il demeurait
ainsi, passif.

7

C'était parfait. Manuel réussirait. Il n'y avait qu'à faire baisser la tête à ce taureau pour l'atteindre entre les cornes et le tuer. Il ne pensait ni à l'épée ni à l'acte de tuer qui viendrait ensuite. Il ne pensait qu'à une chose à la fois. Pourtant ce qui allait arriver l'oppressait. Avançant et surveillant les pattes de la bête, il entrevit successivement les yeux, le mufle baveux, et les larges cornes, écartées et menaçantes. Elle avait des cercles clairs autour des yeux. Ses yeux suivaient Manuel. Elle se disait qu'elle allait découdre ce petit bonhomme à la figure pâle.

S'étant arrêté et ayant tendu la muleta avec sa lame, la pointe piquée dans l'étoffe de telle façon que l'épée, qu'il tenait maintenant dans la main gauche, faisait de la flanelle rouge comme le foc d'un navire, Manuel remarqua l'extrémité des cornes. L'une d'elles était fendue, déchiquetée, à force d'avoir heurté la barrera. L'autre était pointue comme un piquant de porc-épic. Il remarqua également que les cornes, blanches, étaient tachées de rouge à la base. Tout en notant ces détails il ne perdait pas de vue les pieds du taureau qui, sans bouger, continuait de regarder Manuel.

Il se tient sur la défensive, se disait Manuel. Sur la réserve. Il faut que je l'en fasse sortir et que je lui fasse baisser la tête. Toujours leur faire baisser la tête. Zurito la lui a mise en bas une fois ou deux mais maintenant c'est passé. Si je le fais déguerpir il saignera et ça l'alourdira de nouveau.

Le taureau aperçut la flanelle que Manuel écartait largement et secouait. Elle était, sous les lumières, d'une vive écarlate. Les jambes du taureau se rapprochèrent.

Le voilà ! Wouf... Manuel tourna sur lui-même au moment où la bête arrivait et, levant la muleta, il

la fit passer par-dessus les cornes et balaya l'échine
depuis la tête jusqu'à la queue. L'élan avait em-
porté le taureau en l'air. Manuel n'avait pas bougé.

A la fin de la passe le taureau fit un crochet sur
place, comme un chat qui débouche derrière le coin
d'un mur, et se retrouva en face de Manuel ; il
était de nouveau sur l'offensive. Sa pesanteur
s'était dissipée. Manuel remarqua le sang qui coulait le long de l'épaule noire et gouttait sur les
jambes. De la main droite il retira l'estoc de la muleta et, celle-ci dans l'autre main, là tenant assez
bas, il se pencha à gauche et excita le taureau.

— Le voilà ! se dit-il. Hop !

Devant la trombe, Manuel se pencha de côté, les
pieds immobiles. Et l'épée, suivant la courbe qu'il
décrivit, fit comme une ligne de feu sous les lumières.

Le taureau chargea encore quand fut finie la
pase natural et Manuel leva la muleta pour une *pase
di pecho*, fermement planté sur ses jambes et jetant
la tête en arrière pour éviter les banderilles dont
les bois s'entrechoquaient. Le flanc noir et chaud
lui frôla la poitrine en passant.

Trop près, bon Dieu ! se dit Manuel. Zurito penché sur la barrera lança un mot au Gitane qui courut se mettre derrière Manuel avec une cape. Zurito
enfonça son chapeau sur ses yeux et regarda.

Manuel, la muleta basse, était une fois de plus en
face du taureau. Le mufle près de terre, la bête
épiait le chiffon rouge.

— Si c'était Belmonte, dit l'employé de Retana,
tout le monde en deviendrait fou.

Zurito ne répondit rien. Il regardait Manuel au
centre de l'arène.

— Où le patron a-t-il pêché ce copain-là ?
demanda l'autre.

— A l'hôpital.

— Il va y rentrer en vitesse, dit l'employé de
Renata.

Zurito se tourna vers lui.

— Touche ça, dit-il, en montrant la barrera.

— Je blaguais, mon vieux, dit l'employé de
Renata.

— Touche du bois.

L'homme se pencha et frappa trois fois sur la
palissade.

— Regarde la faena, dit Zurito.

Là-bas, au centre de la piste, sous les lumières,
Manuel était agenouillé en face du taureau. Au
moment où il levait la muleta des deux mains le
taureau chargea, la queue en l'air.

Manuel jeta son corps de côté et quand le taureau se précipita de nouveau, il ramena la muleta dans un demi-cercle qui mit le taureau sur
ses genoux.

— Y a pas, c'est un bon torero, dit l'employé
de Renata.

— Non, dit Zurito, tu te trompes.

Manuel se releva et la muleta dans une main,
l'estoc dans l'autre, répondit aux applaudissements de l'obscure *plaza*.

Le taureau s'était remis sur ses jambes et
attendait, le front bas

Zurito dit un mot à deux autres jeunes gars de
la cuadrilla, et ils coururent se mettre derrière
Manuel avec leurs capes. Quatre hommes étaient
derrière lui maintenant. Hernandez le suivait
depuis le moment où il avait pris la muleta.
Fuentes était attentif, sa cape contre le corps,
grand, calme, observant d'un œil flegmatique.
Et voilà les deux autres qui arrivaient. Hernandez leur fit prendre place chacun d'un côté. Manuel était en avant, seul en face du taureau.

Il fit signe aux hommes de se reculer avec leurs capes. S'éloignant d'un pas circonspect ils virent que le visage de Manuel était pâle et couvert de sueur.

Est-ce qu'ils ne savaient pas qu'ils devaient se tenir à distance? Est-ce qu'ils voulaient attirer l'œil du taureau avec leurs sacrées capes maintenant qu'il était étourdi et à point? Il avait assez de soucis sans ça.

Les quatre sabots écartés, le taureau regardait la muleta que Manuel enroulait d'une main. Les yeux du taureau la suivaient. Son corps était lourd sur ses jambes. Sa tête basse.

Manuel agitait la muleta devant lui. Le taureau ne bougeait pas. Ses yeux seuls guettaient.

— Il est en plomb, se dit Manuel. Il est *tout carré...* Il est bien *encadré*.

Il pensait en termes de *toreo*. Parfois, il lui venait une pensée mais le mot d'argot qu'il lui fallait étant absent de son esprit, il ne pouvait pas la réaliser. Ses instincts et sa connaissance agissaient automatiquement, son cerveau agissait lentement et avec des mots. Il savait tout ce qui a rapport aux taureaux. Nul besoin d'y penser. Il faisait toujours l'acte même qui convenait. Ses yeux voyaient, et son corps procédait aux mesures nécessaires sans penser. S'il y pensait il était fichu.

En ce moment, il avait conscience de bien des choses à la fois. Il y avait les cornes, — une déchiquetée, l'autre lisse et acérée, — la nécessité de se mettre de profil devant la corne gauche, de se lancer droit et court, d'aveugler avec sa muleta le taureau qui charge et de filer entre les cornes, d'enfoncer toute la longueur de l'estoc dans un petit espace à peu près aussi grand

qu'une pièce de cinq pesetas, entre les éminences
osseuses des palerons. Il fallait faire tout ça et
puis filer ensuite entre les cornes. Il avait conscience qu'il devait faire tout cela, mais sa pensée
se résumait dans les mots : « Corto y derecho. »

— Corto y derecho, pensait-il ; et il enroulait
la muleta. Corto y derecho : il retira l'épée de la
muleta, se plaça de profil devant la corne déchiquetée, ramena la muleta en travers de son corps
de telle sorte que sa main droite, l'épée horizon-
tale à la hauteur de l'œil, dessinait avec le bras
gauche allongé une sorte de croix et, se dres-
sant sur la pointe des pieds, il visa le long de la
lame en l'inclinant vers le point situé tout là-
bas entre les palerons du taureau.

Corto y derecho! Il s'élança sur le taureau.

Il y eut un choc et il se sentit quitter le sol. Il
poussait sur l'estoc tandis qu'il s'élevait et décrivait sa trajectoire, mais l'arme lui vola de la
main. Manuel toucha le sable et le taureau fut
sur lui. Manuel, couché sur le dos, de ses pieds
chaussés d'escarpins, frappait le mufle de l'animal. Trépignant, trépignant, le taureau sur lui,
le taureau qui le manquait dans sa fureur, qui le
bousculait de la tête, qui enfonçait ses cornes
dans le sable, jouant des pieds comme un homme
qui jongle en l'air avec une boule, Manuel empê-
cha le taureau de placer son coup de corne.

Manuel sentit derrière lui le vent des capes
qu'on agitait et le taureau disparut, passant par-
dessus lui d'un bond. L'ombre de son ventre qui
passait. Pas même piétiné.

Manuel se releva et ramassa la muleta. Fuentes
lui tendit l'épée qui s'était tordue sur l'omoplate.
Manuel la redressa sur son genou et courut. Sa
veste, déchirée, battait sous l'aisselle. Le   tau-

reau s'était arrêté près du cadavre d'un des chevaux.

— Fais-le sortir de là, cria Manuel au Gitane.
Le taureau avait senti le sang du cheval tué et
déchirait des cornes la toile qui le recouvrait. Il
chargea contre la cape de Fuentes, la toile accrochée à sa corne fendue, et au milieu du cirque
il secouait la tête pour s'en débarrasser. Un rire
courut dans la foule. Hernandez arriva par-derrière et attrapant l'étoffe par un bout la retira
prestement.

Le taureau la suivit en esquissant une charge,
puis s'arrêta. Il était de nouveau sur la défensive.
Manuel venait à lui avec l'épée et la muleta. Le
taureau restait immobile, semblant mort sur ses
jambes et sans forces pour charger.

Visant le long de l'acier, Manuel se dressa sur
les orteils et se précipita.

Pour la seconde fois il y eut un choc. Il se sentit renversé et il heurta durement le sable. Il n'y
avait pas moyen de jouer des pieds cette fois. Le
taureau était sur lui. Manuel était allongé, faisant le mort, la tête dans les bras, et le taureau
le frappait, frappait son dos, frappait son visage
dans le sable. Il sentit la corne pénétrer dans le
sable entre ses bras pliés. Le taureau le toucha
dans les reins. Son visage s'enfonça dans le sable.
La corne pénétra dans une des manches et la déchira. On libéra Manuel et le taureau suivit les
capes.

Manuel se releva, chercha l'estoc et sa muleta,
essaya la pointe de sa lame avec son pouce puis
courut en chercher une nouvelle que l'employé
de Renata lui passa par-dessus la barrera.

— Essuie-toi la figure, dit celui-ci.

Manuel, retournant au pas de course vers le

taureau, épongea de son mouchoir son visage
ensanglanté. Il n'avait pas vu Zurito. Où était
Zurito ?

La cuadrilla s'était écartée du taureau et attendait, les capes à la main. Le taureau était là, de
nouveau lourd et mou.

Manuel allait à lui avec sa muleta. Le taureau
ne bougea pas. Il la fit passer de droite à gauche
et de gauche à droite devant le mufle du taureau.
Les yeux de la bête le regardèrent et suivirent le
balancement de l'étoffe mais elle ne chargea pas.
Elle attendait Manuel.

Manuel en avait assez. Rien à faire, il fallait y
aller. Corto y derecho. Il se profila tout près du
taureau, croisa la muleta et se précipita. Tandis
qu'il enfonçait l'épée, tel un boxeur envoyant un
direct du droit, il jeta son corps à gauche pour
éviter la corne. Le taureau passa près de lui et
l'épée partit dans les airs, scintillante sous les
becs électriques, pour retomber sur le sable avec
sa poignée rouge.

Manuel courut la ramasser. Et il la redressa
sur son genou.

Comme il revenait en courant vers le taureau,
alourdi de nouveau, il passa près de Hernandez
et de sa cape.

— Il est tout en os, dit celui-ci pour l'encou-
rager.

Manuel, essuyant son visage, approuva de la
tête. Il remit le mouchoir ensanglanté dans sa
poche.

Voilà le taureau. Tout près de la barrera maintenant. Le diable l'emporte! Peut-être bien qu'il
est tout en os. Peut-être bien qu'il n'y a pas un
coin où l'estoc puisse entrer. Du diable s'il n'y
en a pas! Il va leur montrer.

Il enroula la muleta, tira l'épée, se profila et se précipita sur le taureau. Il sentit l'épée se tordre pendant qu'il l'enfonçait en appuyant sur elle de tout son poids, et puis elle sauta en l'air, très haut, la pointe en l'air et alla tomber parmi les spectateurs. Manuel s'était écarté d'un bond au moment où l'épée sautait.

Les premiers coussins qu'on lui jeta des ténèbres le manquèrent. Puis il en reçut un sur le visage, sur son visage ensanglanté qui se levait du côté de la foule. Ils tombaient, nombreux, faisant des taches sur le sable. Quelqu'un jeta d'un gradin voisin une bouteille de champagne vide. Elle tomba sur le pied de Manuel. Il restait là, regardant ces ténèbres d'où pleuvaient des choses. Puis un objet siffla dans l'air et le frôla au passage. Manuel se baissa. C'était son épée. Il la redressa sur son genou et la brandit vers la foule.

— Merci! dit-il. Merci.

Oh! les sales cochons! Sales cochons! Oh! les sales pouilleux de cochons! Et en courant il donna un coup de pied dans un coussin.

Voilà le taureau. Toujours le même. Très bien, toi, sale cochon de pouilleux.

Il passa la muleta devant le mufle noir du taureau.

Rien à faire.

— Tu ne veux pas. C'est bon. Il s'approcha davantage et enfonça la pointe acérée de la muleta dans le mufle baveux du taureau.

Il sauta en arrière mais il trébucha sur un coussin et le taureau fut sur lui. Il sentit la corne qui le perforait, qui lui perforait le côté. Il empoigna la corne à deux mains et recula en sautillant et en se tenant ferme. Le taureau le rejeta

et l'envoya s'allonger sur la piste. Il ne bougeait
plus. Tout allait bien, le taureau était parti.

Il se releva en toussant et se sentit rompu et
anéanti. Les sales cochons.

— Passe-moi l'estoc, cria-t-il. Passez-moi le
chiffon.

Fuentes s'approcha avec la muleta et l'épée.

Hernandez lui mit le bras autour du corps.

— Va à l'infirmerie, mon vieux, dit-il. Fais
pas l'idiot.

— Au large! dit Manuel. Fous le camp au
large, bon Dieu!

Il se dégagea d'un coup de reins. Hernandez
haussa les épaules. Manuel courut vers le taureau.

— Te voilà, toi, cochon.

Manuel tira l'épée de la muleta, visa comme
les autres fois et se lança sur le taureau. Il sentit que la lame s'enfonçait de toute sa longueur.
Jusqu'à la garde. Ses quatre doigts et son pouce
dans le taureau. C'était chaud sur les jointures.

Le taureau fléchit sous lui et Manuel se retrouva
sur ses jambes. Il regarda la bête s'écrouler,
rouler sur le côté, les quatre pattes en l'air.

Puis il gesticula vers le public. Sa main chaude
du sang du taureau.

— Voilà, tas de cochons.

Il voulait dire quelque chose mais il se mit à
tousser. Il chercha la muleta des yeux. Il fallait
qu'il aille saluer le Président. Au diable le Président. Il était assis par terre en train de regarder quelque chose. C'était le taureau. Quatre
pattes en l'air. Grosse langue pendante. Taureau mort. Au diable taureau. Au diable tout le
monde. Il voulut se mettre debout et recommença de tousser. Il se rassit en toussant. Quelqu'un s'approcha et le releva.

Des hommes le portaient à l'infirmerie et traversaient l'arène, courant sur le sable, s'arrêtant
devant la grille pour laisser passer les mules,
puis tournant sous la voûte obscure ; les hommes
bougonnaient en montant des marches et on le
couchait sur une table.

Le docteur et deux hommes en blanc l'attendaient. Ils coupèrent sa chemise. Manuel se sentait las. Il sentait toute sa poitrine chaude, brû-
lante. Il recommença de tousser et on lui mit
quelque chose sur la bouche. Chacun s'affairait
beaucoup.

Il avait la lumière électrique dans l'œil. Il
ferma les paupières.

Il entendait quelqu'un qui montait lourdement les marches. Puis il ne l'entendit plus.
Puis il entendit un bruit, très loin. Ça, c'était le
public. Bon! faudrait que quelqu'un tue l'autre
taureau pour lui. On le dépouillait de sa chemise coupée en morceaux. Le docteur lui sou-
riait. Et voilà Retana.

— Eh! Retana, dit Manuel.

Il n'entendait pas sa voix.

Retana sourit et dit quelque chose. Manuel
ne l'entendait pas.

Zurito était à côté de la table, penché vers le
docteur et regardant ce qu'il faisait. Il avait son
costume de picador. Pas de chapeau.

Zurito dit quelque chose à Manuel. Il ne l'entendait pas.

Zurito parlait à Retana. Un des hommes en
blanc sourit et tendit à Retana une paire de ciseaux. Retana les passa à Zurito. Zurito dit
quelque chose à Manuel. Il n'entendait pas.

Au diable la table d'opération. C'est pas la
première fois qu'on le collait sur une table d'opé-

ration. Il n'était pas à la mort. On aurait fait
venir un prêtre s'il avait été à la mort.

Zurito lui disait quelque chose. Il avançait les
ciseaux.

Ça y est. On allait couper sa coleta. On allait
couper sa queue-de-rat.

Il se dressa sur la table d'opération. Le docteur se recula avec humeur. Quelqu'un l'attrapa
et le retint.

— Tu ne feras pas une chose comme ça, Manos, dit Manuel.

Il entendit soudain, et clairement, la voix du
picador.

— Mais non, dit Zurito. Je ne veux pas le
faire. C'était pour blaguer.

— Je marchais bien, dit Manuel. Je n'ai pas
eu de veine. C'est tout.

Il se recoucha. On avait mis quelque chose
sur son visage. Tout cela était familier. Il aspira
profondément. Il se sentait très las. Il était très,
très las. On retira l'objet de son visage.

— Je marchais bien, dit Manuel faiblement.
Je marchais rudement bien.

Retana regarda Zurito, puis gagna la porte.

— Je reste près de lui, dit Zurito.

Retana fit un mouvement des épaules.

Manuel ouvrit les yeux et regarda le picador.

— Pas, que je marchais bien, Manos ? demanda-
t-il, attendant une confirmation.

— Bien sûr, répondit l'autre. Tu marchais rudement bien.

L'assistant remit le cône sur la figure de Manuel qui aspira profondément. Zurito restait là,
tout gauche, à le regarder.

Le champion

Nick se releva. Il n'avait rien. Il vit au bout de la voie les lumières du fourgon disparaître derrière un tournant. De chaque côté, la voie était bordée d'eau, puis de marécages, de sapins.

Il se tâta le genou. Son pantalon était déchiré, la peau enlevée, ses mains étaient écorchées et du sable et des cendres s'étaient fourrés sous ses ongles. Il gagna le bord de la voie et descendit le remblai pour se laver les mains. Il les lava soigneusement dans l'eau froide, enlevant la saleté de dessous les ongles. Il s'accroupit et baigna son genou.

Ce vieux salaud de serre-frein! Il l'aurait un jour, celui-là. Il le retrouverait. En voilà une manière d'agir!

— Viens voir, petit, avait-il dit. J'ai quelque chose pour toi.

Il avait donné dans le panneau. Comme un petit couillon qu'il était. On ne l'attraperait pas comme ça une autre fois.

— Viens voir, petit, j'ai quelque chose pour toi.

Et alors *bim* et il avait atterri au bord de la voie sur les mains et sur les genoux.

Nick se frotta l'œil. Une grosse bosse lui venait. Il allait avoir un cocard bien sûr. Ça faisait déjà mal. Cet enfant de salaud de serre-frein!

Il tâta des doigts la bosse au-dessus de son œil.
Eh bien, ce n'était jamais qu'un cocard. C'est tout
ce qu'il avait récolté dans l'histoire. Ça n'était pas
payé trop cher. Il aurait voulu voir son œil en se
regardant dans l'eau, mais pas moyen. Il faisait
sombre et il était loin de partout. Il essuya ses
mains sur son pantalon et se releva, puis grimpa le
remblai jusqu'aux rails.

Il suivit la voie. Le ballast était bien fait, du
sable et du gravier tassés entre les traverses, et
rendait la marche facile et sûre. Cette chaussée
plate filait comme une jetée à travers le marais.
Nick marchait. Il fallait arriver quelque part.

Nick avait sauté sur le train de marchandises au
moment où celui-ci ralentissait devant les dépôts,
aux environs de Walton Junction. Le train, et Nick
dessus, avait traversé Kalkaska quand il commençait de faire sombre. Maintenant, Mancelona ne
devait pas être loin. Cinq ou six kilomètres de marais. Il suivait la voie, marchant de façon à rester sur
le ballast entre les traverses, le marais apparaissant,
fantomatique dans la brume qui s'élevait. Son œil
lui faisait mal et il avait faim. Il continuait de tri-
coter, faisant passer les kilomètres de voie derrière
lui.

Plus loin, il y avait un pont. Nick le traversa,
ses talons sonnant creux sur le fer. Tout en bas, on
apercevait l'eau noire entre les interstices des traverses. Nick donna un coup de pied dans un bou-
lon qui traînait et le fit tomber dans l'eau. De l'autre côté du pont il y avait des collines. Elles étaient
hautes et sombres de chaque côté de la voie.
Devant lui, Nick aperçut un feu.

Suivant les rails, il s'avança avec précaution
dans la direction du feu, qui était à quelque distance du bord de la voie, en contrebas. Il n'en avait

vu que la lueur. La voie passait au milieu d'une
éclaircie et, à l'endroit où le feu était allumé, la
campagne s'ouvrait et se changeait en boqueteaux.
Nick descendit avec précaution du remblai et prenant au plus court s'enfonça sous bois pour s'approcher du feu à l'abri des arbres. C'étaient des
hêtres et, tandis qu'il marchait entre les arbres, il
sentait sous ses semelles les châtaignes des faines
tombées à terre. Le feu brillait à présent, juste à
la lisière du bois. Il y avait un homme assis auprès.
Nick resta derrière un arbre pour l'examiner.
L'homme avait l'air d'être seul. Il était assis là,
la tête dans ses mains, et regardait les flammes.
Nick sortit du bois et s'avança dans la lumière.

L'homme, toujours assis, regardait les flammes.
Quand Nick s'arrêta, tout près de lui, il ne bougea
pas.

— Hello! dit Nick.

L'homme leva la tête.

— Où as-tu reçu cette chandelle? dit-il.

— Un serre-frein m'a foutu en bas.

— Du train de marchandises?

— Oui.

— Je l'ai vu, ce salaud, dit l'homme. Il est passé
ici il y a une heure et demie à peu près. Il marchait
sur le toit des wagons en battant des bras et en
chantant.

— Le salaud!

— Ça devait lui faire du bien de t'avoir foutu
en bas, dit l'homme sérieusement.

— Je le foutrai en bas, moi aussi.

— Flanque-lui une pierre, des fois, quand tu
le verras passer, conseilla l'homme.

— J'y en flanquerai une.

— Tu es un méchant, pas vrai?

— Non, répondit Nick.

8

— Vous autres petits gars, vous êtes tous des méchants.

— Faut bien, dit Nick.

— C'est ce que je disais.

L'homme regarda Nick et sourit. A la lueur du feu Nick vit qu'il avait la figure déformée. Son nez était enfoncé, ses yeux fendus, ses lèvres avaient une drôle de forme. Nick ne se rendit pas compte de tout cela d'un coup, il vit seulement que la figure de l'homme avait une drôle de forme et était mutilée. Elle était de la couleur du mastic et avait l'air morte à la lumière du feu.

— Ma cafetière ne te plaît pas? demanda l'homme.

Nick fut embarrassé.

— Si, dit-il.

— Regarde ça, dit l'homme en ôtant sa casquette.

Il n'avait qu'une oreille. Elle était tout épaisse et collée contre le crâne. A la place de l'autre oreille il n'y avait qu'un moignon.

— T'en as déjà vu une comme ça?

— Non, dit Nick.

Ça l'écœurait un peu.

— Je savais encaisser, dit l'homme. Tu ne crois pas que je savais encaisser, petit gars?

— Comme vous dites.

— Ils se sont tous esquinté les mains sur moi, dit le petit homme. Ils ne me faisaient pas mal.

Il regarda Nick.

— Assois-toi, dit-il. Tu veux manger?

— Vous dérangez pas, dit Nick. Je vais jusqu'à la ville.

— Écoute, dit l'homme. Appelle-moi Ad.

— Bon.

— Écoute, dit l'homme. Je ne suis pas tout à fait normal.

— Qu'est-ce qui cloche?
— Je suis fou.

Il remit sa casquette. Nick eut envie de rire.

— Vous n'avez rien du tout, dit-il.
— Si, j'ai quelque chose. Je suis fou. Écoute, t'as jamais été fou?
— Non, dit Nick. Comment ça vous prend-il?
— Je ne sais pas, dit Ad. Quand ça vous prend, on ne s'en aperçoit pas. Tu me connais, hein?
— Non.
— Ad Francis.
— Sans blague?
— Tu ne le crois pas?
— Si.

Nick sentait que ça devait être vrai.

— Tu sais comment je les possède?
— Non, dit Nick.
— J'ai le cœur lent. Il ne bat que quarante à la minute. Touche-le.

Nick hésita.

— Vas-y donc, dit l'homme en lui saisissant la main. Prends mon poignet. Mets tes doigts là.

Le poignet du petit homme était gros et les muscles saillaient sur l'os. Nick sentit sous ses doigts une lente pulsation.

— T'as une montre?
— Non.
— Moi non plus, dit Ad. Ça marche pas si on a pas de montre.

Nick lui lâcha le poignet.

— Écoute, dit Ad Francis. Reprends-le. Tu vas compter et moi je compterai jusqu'à soixante.

Quand il sentit sous ses doigts le pouls lent et dur, Nick commença de compter. Il entendait le petit homme qui comptait lentement, un, deux, trois, quatre, cinq, et la suite — à voix haute.

— Soixante, dit Ad. Ça fait une minute. Combien que tu as, toi?

— Quarante, dit Nick.

— C'est ça, dit Ad, satisfait. Ça ne va jamais plus vite.

Un homme descendit le remblai du chemin de fer et traversa la clairière, se dirigeant vers le feu.

— Hello, Bugs! dit Ad.

— Hello! répondit Bugs.

La voix était d'un nègre. Nick reconnaissait à sa manière de marcher que c'était un nègre. Il leur tournait le dos, penché sur le feu. Il se releva.

— C'est Bugs, mon copain, dit Ad. Il est fou, lui aussi.

— Enchanté de faire votre connaissance, dit Bugs. Vous dites que vous êtes d'où?

— De Chicago, dit Nick.

— C'est une chic ville, dit le nègre. Je n'ai pas saisi votre nom.

— Adams, Nick Adams.

— Il dit qu'il n'a jamais été fou, Bugs, dit Ad.

— Il ne sait pas quel bonheur l'attend, dit le nègre.

Il était en train de défaire un paquet près du feu.

— Quand est-ce qu'on mange, Bugs? demanda le boxeur.

— Tout de suite.

— As-tu faim, Nick?

— Une faim de loup.

— T'entends, Bugs?

— Presque tout ce qu'on dit d'habitude.

— C'est pas ce que je t'ai demandé.

— Oui. J'ai entendu ce que ce gentleman a dit.

Il était en train de mettre des tranches de jambon dans une poêle. Quand la poêle fut chaude, la graisse se mit à bouillir et Bugs, accroupi au-

dessus du feu sur ses longues jambes de nègre,
retourna le jambon et cassa les œufs dans la poêle,
en la balançant de côté et d'autre pour arroser les
œufs de graisse bouillante.

— Voulez-vous couper du pain, Mister Adams?
dit-il en se retournant. Il est dans le sac.

— Sûrement.

Nick plongea la main dans le sac et en retira un
pain. Il coupa six tranches. Ad, qui le regardait, se
pencha en avant.

— Donne-moi voir ton couteau, Nick, dit-il.

— Non, pas de blagues, Mister Adams, dit le
nègre. Gardez votre couteau.

Le boxeur se redressa.

— Voulez-vous me passer le pain, Mister
Adams? demanda Bugs.

Nick le lui tendit.

— Aimez-vous le pain trempé dans la graisse de
jambon? demanda le nègre.

— Je vous crois!

— Vaut peut-être mieux attendre un peu. C'est
meilleur à la fin du repas. Voilà!

Le nègre piqua une tranche de jambon et la posa
sur un des morceaux de pain, puis fit glisser un
œuf par-dessus.

— Voulez-vous couvrir avec un morceau de
pain pour faire le sandwich, s'il vous plaît, et le
donner à Mister Francis?

Ad prit le sandwich et commença de manger.

— Faites attention, cet œuf coule, prévint le
nègre. Ça c'est pour vous, Mister Adams. Le reste
est pour moi.

Nick mordit dans son sandwich. Le nègre était
assis en face de lui à côté du boxeur. Le jambon
chaud et les œufs avaient un goût formidable.

— Vrai, Mister Adams avait faim, dit le nègre.

Le petit homme, que Nick connaissait de nom comme un ancien champion de boxe, gardait le silence. Il n'avait rien dit depuis que le nègre s'était interposé à propos du couteau.

— Puis-je vous offrir une tranche de pain bien trempé dans la graisse chaude du jambon ? dit Bugs.

— Volontiers, merci beaucoup.

Le petit homme à peau mastic regarda Nick.

— En voulez-vous, Mister Adolph Francis ? offrit Bugs, penché sur la poêle.

Ad ne répondit pas. Il regardait Nick.

— Mister Francis ? fit la voix douce du nègre.

Ad ne répondit pas. Il regardait Nick.

— Je vous parle, Mister Francis, dit le nègre doucement.

Ad continuait de regarder Nick. Il avait sa casquette sur les yeux. Nick se sentait mal à l'aise.

— Qu'est-ce qui te prend, bon Dieu ? lui jeta une voix âpre de dessous la casquette. Pour qui te crois-tu, bon Dieu ? Tu es un sale morveux. Tu arrives ici sans être invité par personne, tu manges la boustifaille des gens et quand on te demande de prêter ton couteau, tu fais le morveux.

Ses regards étaient braqués sur Nick, sa figure était blanche et ses yeux disparaissaient presque sous la casquette.

— Tu es un type culotté. Qui t'a demandé de venir ici, bon Dieu ?

— Personne.

— T'as salement raison, personne. Personne ne t'a demandé de rester non plus. Tu arrives ici et tu fais ton morveux à cause de ma binette, tu fumes mes cigares, tu bois mes liqueurs, tu t'essuies la bouche aux rideaux et puis tu parles comme un morveux. Comment crois-tu que ça va se terminer, sacré bon Dieu ?

Nick ne répondit pas. Ad se leva.

— C'est moi qui te le dis, voyou de Chicago aux foies blancs. Tu vas te faire casser la terrine. As-tu saisi ?

Nick se recula. Le petit homme s'approcha de lui doucement, avançant sur ses pieds plats. Son pied gauche avançait, le droit le rejoignait en traînant.

— Touche-moi, dit-il en remuant la tête. Essaie de me toucher.

— J'ai pas envie de vous toucher.

— Tu ne t'en tireras pas comme ça. Tu vas recevoir une raclée, compris ? Amène-toi et vas-y le premier.

— Passez la main, dit Nick.

— Tant pis pour toi, voyou.

Le petit homme regarda les pieds de Nick. Tandis qu'il les regardait, le nègre, qui l'avait suivi de près tandis qu'il s'éloignait du feu, leva le bras et le frappa derrière la tête. Le petit homme tomba en avant et Bugs laissa choir sur l'herbe sa matraque enveloppée d'étoffe. L'autre restait étendu, le nez dans l'herbe. Le nègre le releva, tête pendante, et le porta près du feu. Sa figure, les yeux ouverts, avait un air pitoyable. Bugs le posa à terre avec soin.

— Voulez-vous me passer le baquet d'eau, Mister Adams ? dit-il. J'ai peur de l'avoir touché un peu trop fort.

Le nègre jeta de la main un peu d'eau sur le visage de l'homme et lui tira l'oreille doucement. Les yeux se fermèrent.

Bugs se releva.

— Ça va, dit-il. Y a pas à s'inquiéter. Je suis désolé, Mister Adams.

— Ça ne fait rien.

Nick avait les yeux baissés vers le petit homme. Il vit la matraque sur l'herbe et la ramassa. Elle avait un manche souple et était flexible dans la main. Elle était couverte de vieux cuir noir et il y avait un mouchoir enroulé autour du gros bout.

— C'est un manche en baleine, dit le nègre en souriant. On n'en fait plus. J' savais pas si vous vous seriez bien défendu et, n'importe comment, je voulais pas que vous lui fassiez mal, ou que vous l'abîmiez pas plus qu'il est.

Le nègre sourit encore.

— Vous lui avez fait mal, vous, dit Nick.

— Moi, je sais comment faut faire. Il ne se rappellera pas de rien. Y a que ça à faire pour le changer quand il devient comme ça.

Nick regardait toujours le petit homme qui était étendu, les yeux fermés, éclairé par le feu. Bugs mit un peu de bois dans le feu.

— Ne vous en faites pas plus à cause de lui, Mister Adams. J' l'ai déjà vu comme ça bien des fois.

— Qu'est-ce qui l'a rendu fou ? dit Nick.

— Oh ! un tas de choses, répondit le nègre, penché sur le feu. Voulez-vous prendre une tasse de café, Mister Adams ?

Il tendit la tasse à Nick et arrangea la veste qu'il avait placée sous la tête de l'homme évanoui.

— D'abord, il a reçu trop de coups, dit le nègre en goûtant son café. Mais ça l'avait seulement rendu comme qui dirait un peu simple. Et puis c'est sa sœur qui lui servait de manager et on était toujours à raconter dans les journaux des histoires sur les frères et sœurs et comment elle aimait son frère et comment il aimait sa sœur, et puis ils se sont mariés à New York et ça leur a causé un tas d'embêtements.

— Je m'en souviens.

— Sûrement. Bien entendu, ils étaient pas plus frère et sœur qu'un lapin, mais il y avait un tas de gens à qui ça ne plaisait pas plus d'une façon que d'une autre et ils commencèrent de se disputer, et un jour elle l'a quitté et n'est jamais revenue.

Il but son café et s'essuya les lèvres de sa paume rose.

— Il en est devenu fou. Voulez-vous encore un peu de café, Mister Adams ?

— Merci.

— Je l'ai vue une fois ou deux, poursuivit le nègre. C'était une femme rudement bien. Elle lui ressemblait assez pour qu'on les prenne pour des jumeaux. Il ne serait pas vilain sans sa figure tout amochée.

Il s'arrêta. L'histoire avait l'air d'être finie.

— Où l'avez-vous connu ? demanda Nick.

— Je l'ai connu en prison, dit le nègre. Il était tout le temps à taper sur le monde après qu'elle l'avait quitté et on l'a mis en prison. Moi, j'y étais pour avoir saigné quelqu'un.

Il sourit et poursuivit de sa voix douce :

— Il m'a plu tout de suite, et quand je suis sorti j'ai été le trouver. Ça lui plaît de croire que je suis fou et moi je m'en fiche. Ça me plaît d'être avec lui et ça me plaît de voir du pays et j'ai pas besoin de rien voler pour pouvoir le faire. Ça me plaît de vivre comme un bourgeois.

— Qu'est-ce que vous faites tous les deux ? demanda Nick.

— Oh ! rien. On se balade, c'est tout. Il a de l'argent.

— Il doit avoir gagné beaucoup d'argent.

— Je vous crois. Il a pourtant tout dépensé. Ou on lui a pris. Elle lui envoie de l'argent.

Il attisa le feu.

— C'est vraiment une chic femme, dit-il. Elle lui ressemble assez pour être sa jumelle.

Le nègre regarda du côté du petit homme, toujours étendu et qui respirait lourdement. Ses cheveux blonds étaient rabattus sur son front. Son visage mutilé avait au repos un air enfantin.

— Je peux le faire revenir quand je voudrai à présent, Mister Adams. Si ça ne vous fait rien je voudrais bien comme qui dirait que vous les mettiez. Ça m'ennuie de ne pas être hospitalier mais ça pourrait le contrarier encore de vous voir. Je déteste d'être obligé de l'assommer et y a que ça à faire quand il s'y met. Il faut comme qui dirait que je le garde à l'écart du monde. Ça ne vous ennuie pas, hein, Mister Adams? Non, ne me remerciez pas, Mister Adams. Je vous aurais bien prévenu, mais il avait l'air de s'être tellement pris d'amitié pour vous! je croyais que tout allait bien se passer... Vous trouverez une ville à trois kilomètres de là en suivant la voie. Mancelona qu'on l'appelle. Au revoir. Je voudrais bien vous inviter à passer la nuit ici mais c'est tout bonnement impossible. Vous ne voulez pas emporter un peu de jambon et du pain avec vous? Non? Acceptez donc un sandwich.

Tout cela de sa voix de nègre, basse, douce, et polie.

— Bon. Eh bien, au revoir, Mister Adams. Au revoir et bonne chance.

Nick s'éloigna du feu et traversa la clairière dans la direction de la voie du chemin de fer. Une fois sorti du cercle de lumière, il écouta. La voix basse et douce du nègre parlait. Nick ne distinguait pas les mots. Puis il entendit le petit homme dire :

— J'ai un terrible mal de tête, Bugs.

— Ça va se passer, Mister Francis, consola la voix du nègre. Buvez voir cette tasse de café chaud.

Nick escalada le remblai et se mit en marche. Il s'aperçut qu'il avait dans la main un sandwich au jambon et il le mit dans sa poche. En regardant du haut de la pente, avant que la voie ne tournât entre les collines, il aperçut encore la lumière du feu dans la clairière.

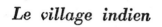
Le village indien

Un second canot avait été tiré au bord du lac. Les deux Indiens, debout, attendaient.

Nick et son père se mirent à l'arrière du bateau, les Indiens le poussèrent et l'un d'eux y monta et prit les rames. L'Oncle Georges s'assit à l'arrière du canot du camp. Le jeune Indien poussa le canot du camp à l'eau et y monta pour emmener l'Oncle Georges.

Les deux bateaux s'enfoncèrent dans l'ombre. Nick entendait le bruit des taquets de l'autre bateau à une bonne distance en avant du leur. Les Indiens hachaient rapidement l'eau de leurs rames. Nick était renversé en arrière, le bras de son père passé autour de lui. Il faisait froid sur l'eau. L'Indien qui les conduisait ramait ferme, mais l'autre bateau les précédait toujours dans la brume.

— Où allons-nous, papa? demanda Nick.

— Chez les Indiens. Il y a une Indienne qui est très malade.

— Ah! dit Nick.

De l'autre côté de la baie, ils trouvèrent l'autre bateau hors de l'eau. L'Oncle Georges fumait son cigare dans l'obscurité. Le jeune Indien tira

le bateau sur la plage. L'Oncle Georges donna
des cigares aux deux Indiens.

Laissant la plage derrière eux, ils traversèrent
une prairie trempée par la rosée, à la suite du
jeune Indien qui portait une lanterne. Puis ils
s'enfoncèrent dans un bois et prirent un sentier
jusqu'à la route des bûcherons qui menait aux
collines. Comme les futaies étaient coupées de
chaque côté de la route, il y faisait beaucoup
plus clair. Le jeune Indien s'arrêta et souffla sa
lanterne, puis ils se mirent tous en marche le
long de la route.

Ils arrivèrent à un tournant et un chien s'avança
en aboyant. Devant eux il y avait les lumières
des cabanes où les Indiens, des écorcheurs d'arbres,
vivaient. D'autres chiens se précipitèrent sur
eux. Les deux Indiens les renvoyèrent aux cabanes. Dans la cabane la plus près de la route,
il y avait une lumière à la fenêtre. Une vieille
femme se tenait sur le pas de la porte avec une
lampe.

A l'intérieur, sur une couchette de bois, une
jeune Indienne était étendue. Depuis deux jours,
elle essayait d'avoir son enfant. Toutes les vieilles
du camp s'y étaient mises. Les hommes s'étaient
transportés en haut de la route pour s'asseoir
dans l'ombre et fumer, loin du bruit qu'elle faisait. Elle cria juste au moment où les deux Indiens et Nick entrèrent dans la cabane à la suite
du père de celui-ci et de l'Oncle Georges. Elle
était étendue dans la couchette du bas, très
grosse sous le couvre-pied, la tête tournée de
côté. Son mari était dans la couchette au-dessus.
Trois jours avant il s'était sérieusement coupé
le pied avec une hache. Il fumait sa pipe. Ça
sentait très mauvais dans la chambre.

Le père de Nick fit mettre de l'eau sur le poêle et, tandis quelle chauffait, il parlait avec Nick.

— Cette dame va avoir un bébé, Nick, dit-il.

— Je sais, dit Nick.

— Tu ne sais rien, dit son père. Écoute-moi. Ce qu'elle est en train de subir s'appelle être en travail. L'enfant veut naître et elle veut qu'il naisse. Tous ses muscles s'efforcent de faire naître le bébé. C'est ce qui se passe quand elle crie.

— Je comprends, dit Nick.

A ce moment, la femme poussa un cri.

— Oh! papa, tu ne peux pas lui donner quelque chose pour l'empêcher de crier? demanda Nick.

— Non. Je n'ai pas d'anesthésique, dit son père. Mais ses cris n'ont pas d'importance. Ils n'ont pas d'importance et je ne les entends pas.

Dans la couchette au-dessus, le mari se tourna vers le mur.

De la cuisine, la femme fit signe au docteur que l'eau était chaude. Le père de Nick y alla et versa à peu près la moitié de l'eau de la grosse bouillotte dans une cuvette. Puis dans l'eau qui restait, il mit plusieurs choses qu'il retira d'un mouchoir.

— Il faut que ça arrive à ébullition, dit-il, et il commença de se laver les mains dans la cuvette d'eau chaude avec un morceau de savon qu'il avait apporté du camp. Nick regardait les mains de son père se frotter l'une l'autre avec le savon. Tout en se nettoyant les mains très soigneusement et à fond, son père parlait.

— Tu comprends, Nick, les bébés doivent venir au monde la tête la première mais quelquefois ils ne le font pas. Quand ils ne le font pas, ça cause des embêtements à tout le monde. Peut-être bien que je vais être obligé d'opérer cette dame. Nous saurons ça dans un instant.

Quand il fut satisfait de ses mains, il revint dans la chambre et se mit au travail.

— Rabats le couvre-pied, veux-tu, Georges? dit-il. J'aime autant ne pas y toucher.

Un peu plus tard, quand il commença l'opération, l'Oncle Georges et les trois Indiens maintinrent la femme. Elle mordit l'Oncle Georges au bras et l'Oncle Georges s'écria : « Sacré putain d'Indienne! » et le jeune Indien qui avait amené l'Oncle Georges se mit à rire. Nick tenait la cuvette pour son père. Tout cela prit beaucoup de temps.

Son père s'empara du bébé et le claqua légèrement pour le faire respirer, puis il le passa à la vieille femme.

— Tu vois, c'est un garçon, Nick, dit-il. Alors, te voilà passé interne? Ça te plaît-il?

Nick répondit :

— Oui, ça va.

Il détournait ses regards pour ne pas voir ce que son père faisait.

— Là. Voilà qui est fait, dit le père en jetant quelque chose dans la cuvette.

Nick ne regarda pas.

— Maintenant, dit son père, il y a quelques sutures à faire. Regarde ou ne regarde pas, Nick, c'est comme tu voudras. Je vais recoudre l'incision que j'ai faite.

Nick ne regarda pas. Sa curiosité était évanouie depuis longtemps.

Son père termina et se releva. L'Oncle Georges et les trois Indiens se relevèrent. Nick alla porter la cuvette dans la cuisine.

L'Oncle Georges regarda son bras. Le jeune
Indien eut une réminiscence et sourit.

— Je te mettrai de l'eau oxygénée, Georges,
dit le docteur.

Il se pencha sur l'Indienne. Elle était tranquille maintenant, les yeux clos. Elle était très
pâle. Elle ne savait pas ce qu'il était advenu de
l'enfant ni rien.

— Je reviendrai demain matin, dit le docteur,
debout. L'infirmière de Saint-Ignace arrivera
vers midi et elle apportera tout ce dont nous
avons besoin.

Il se sentait d'humeur hilare et bavarde comme
les joueurs de football au vestiaire, après la partie.

— En voilà une digne du journal médical,
Georges, dit-il. Faire une césarienne avec un
couteau de poche et la recoudre avec des bas
de lignes en crin de trois mètres.

L'Oncle Georges, adossé au mur, regardait
son bras.

— Ah! pas d'erreur, tu es un grand homme,
dit-il.

— Jetons donc un coup d'œil sur l'heureux
papa. Ce sont généralement les plus malheureux
dans ces petites affaires, dit le docteur. Je dois dire
que celui-ci a pris tout ça plutôt tranquillement.

Il tira la couverture qui couvrait la tête de
l'Indien. Sa main fut toute mouillée. Il monta
sur le bord de la couchette inférieure, une lampe
à la main, et regarda. L'Indien était étendu, le
visage contre le mur. Sa gorge était tranchée
d'une oreille à l'autre. Le sang s'était écoulé,
formant une flaque à l'endroit où le corps faisait fléchir la couchette. Sa tête reposait sur son
bras gauche. Un rasoir ouvert était sur les cou-
vertures, la lame en l'air.

— Fais sortir Nick de la cabane, Georges, dit le docteur.

Ce n'était pas la peine. De la porte de la cuisine, Nick avait eu tout le temps de voir la couchette quand son père, la lampe à la main, avait déplacé la tête de l'Indien.

Il commençait tout juste de faire jour quand ils se retrouvèrent sur la route des bûcherons, en marche vers le lac.

— Je regrette bigrement de t'avoir amené, Nickie, lui dit le docteur, toute son hilarité post-opératoire disparue. Je t'ai fait passer dans un vilain gâchis.

— Est-ce que les dames ont toujours autant de mal pour avoir leurs bébés? demanda Nick.

— Non, ça c'était tout à fait exceptionnel.

— Pourquoi s'est-il tué, papa?

— Je ne sais pas, Nick. Il ne pouvait pas en supporter davantage, je suppose.

— Est-ce qu'il y a beaucoup d'hommes qui se tuent, papa?

— Pas beaucoup, Nick.

— Beaucoup de femmes?

— Presque jamais.

— Jamais?

— Oh! si. Quelquefois.

— Papa?

— Oui.

— Où est allé l'Oncle Georges?

— Tu le reverras, sois tranquille.

— Est-ce que c'est dur de mourir, papa?

— Non, je crois que c'est assez facile, Nick. Ça dépend.

Ils étaient assis dans le bateau, Nick à l'arrière, et son père ramait. Le soleil s'élevait au-dessus des collines. Un bar sauta, faisant un cercle sur l'eau. Nick laissait traîner sa main dans l'eau, qui paraissait chaude avec ce froid vif du matin.

Dans le petit jour de l'aube, sur le lac, assis à l'arrière du bateau, où son père ramait, il se sentait tout à fait sûr de ne jamais mourir.

Les tueurs [1]

1. Traduit par Victor Llona

La porte du restaurant Henry's s'ouvrit et deux hommes entrèrent. Ils s'assirent devant le comptoir.

— Qu'est-ce qu ce sera ? leur demanda Georges.

— J' sais pas, dit l'un des hommes. Qu'est-ce que tu veux bouffer, Al ?

— J' sais pas, fit Al. J' sais pas ce que je veux bouffer.

Dehors il commençait à faire sombre. La lueur du réverbère s'alluma derrière la vitre. Les deux hommes assis au comptoir consultèrent le menu. A l'autre bout du comptoir, Nick Adams les regardait. Il causait avec Georges quand ils étaient entrés.

— Pour moi un filet de porc avec de la marmelade aux pommes et des pommes purée, fit le premier des deux hommes.

— C'est pas encore prêt.

— Alors pourquoi que vous foutez ça sur la carte ?

— C'est pour le dîner, expliqua Georges. Je pourrai vous servir ça à six heures.

Georges regarda l'horloge accrochée au mur derrière le comptoir.

— Il n'est que cinq heures.

— La pendule dit cinq heures vingt, fit le deuxième homme.

— Elle avance de vingt minutes.

— Ah! et puis merde pour la pendule! fit le premier. Qu'est-ce que vous avez à bouffer?

— J' peux vous servir des sandwiches n'importe quelle sorte, dit Georges. J' peux vous servir des œufs au jambon, des œufs au bacon, du foie au bacon ou du bifteck.

— Donnez-moi des croquettes de poulet sauce crème, des petits pois et des pommes purée.

— Ça c'est encore pour le dîner.

— Alors quoi, tout ce qu'on demande c'est pour le dîner? C'est comme ça que vous travaillez?

— J' peux vous servir des œufs au jambon, des œufs au bacon, du foie...

— Moi, ce sera des œufs au jambon, fit l'homme que son compagnon avait appelé Al. Il portait un melon et un pardessus noir croisé sur la poitrine. Il avait une petite figure toute blanche et des lèvres serrées. Il portait un cache-nez en soie et des gants.

— Donnez-moi des œufs au bacon, fit l'autre. Il était à peu près de la même taille qu'Al. Leurs visages étaient différents, mais ils étaient vêtus comme des jumeaux. Les deux portaient des pardessus trop étroits. Ils étaient assis, le buste en avant, les coudes sur le comptoir.

— Vous servez à boire?

— Bière, argent, bévo, ginger ale, fit Georges.

— J'ai dit : vous servez à boire?

— Rien que ce que je viens de dire.

— A la bonne heure, il est gai, le patelin, fit l'homme. Comment y s'appelle?

— Summit.

Al se tourna vers son ami :

— T'en avais déjà entendu causer, toi?

— Jamais, répondit l'ami.

— Qu'est-ce qu'on fabrique ici, la nuit? demanda Al.

— On bouffe le dîner, dit son ami. On vient ici bouffer le grrrand dîner.

— C'est juste, fit Georges.

Al s'adressa à Georges :

— Tu trouves que c'est juste, toi?

— Sûr.

— Toi, t'es un petit loustic, pas vrai?

— Sûr.

— Eh bien, c'est pas vrai, fit l'autre petit homme. Tu crois que c'est un petit loustic, toi, Al?

— Moi? Je crois que c'est un idiot, fit Al, qui se tourna vers Nick.

— Comment tu t'appelles?

— Adams.

— Encore un petit loustic, fit Al. Pas que c'est un petit loustic, Max?

— Le patelin est plein de petits loustics, Max.

Georges posa sur le comptoir les deux plats contenant, l'un les œufs au jambon, l'autre les œufs au bacon. Il mit à côté deux soucoupes chargées de pommes frites et ferma le guichet de la cuisine.

— Lequel est pour vous? demanda-t-il à Al.

— Tu t'en rappelles pas?

— Les œufs au jambon.

— Ah! petit loustic! fit Max.

Il se pencha et attira à lui les œufs au jambon. Les deux hommes mangèrent sans ôter leurs gants. Georges les regardait manger.

— Qu'est-ce que tu regardes, toi?

— Moi? Rien.

— Faut pas me dire ça. T'étais en train de me regard:r.

— Le pauvre gosse, c'était peut-être pour rire, Max, dit Al.

Georges rit.

— T'as pas besoin de rire, lui dit Max. T'as pas besoin de rire du tout, compris?

— Ça va, fit Georges.

Max se retourna vers Al :

— Dis donc, il pense que ça va. Écoute-le. Il pense que ça va. Elle est bonne, celle-là.

— Oh! c'est un vrai penseur, fit Al.

Ils continuèrent de manger. Al demanda à Max :

— Comment qu'il s'appelle, le petit loustic qui est au bout du comptoir?

— Eh là-bas, le petit loustic, fit Max s'adressant à Nick. Passe donc derrière le comptoir et mets-toi avec ton petit copain.

— Qu'est-ce qui vous prend? demanda Nick.

— Rien du tout.

— Je te conseille de passer derrière le comptoir, petit loustic, fit Al.

Nick passa derrière le comptoir.

— Qu'est-ce qui vous prend? demanda Georges.

— C'est pas tes oignons, fit Al. Qui est dans la cuisine?

— Le nègre.

— Qui ça, le nègre?

— Celui qui fait la cuisine.

— Dis-lui qu'il s'amène par ici.

— Pourquoi ça?

— Dis-lui qu'il s'amène par ici.

— Où croyez-vous donc que vous êtes?

— On le sait, bouffi, fit le nommé Max. Ce serait-y qu'on cause pour ne rien dire?

— Tu causes pour ne rien dire, lui dit Al.
Pourquoi que tu discutes comme ça avec ce gosse ?
Écoute, fit-il à Georges, dis au nègre qu'il s'amène
par ici.

— Qu'est-ce que vous allez lui faire ?

— On veut rien y faire. Tire donc parti de ta
caboche. Qu'est-ce que nous autres on ferait à
un nègre ?

Georges poussa le guichet qui ouvrait dans la
cuisine.

— Sam, appela-t-il. Viens ici une minute.

La porte de la cuisine s'ouvrit et le nègre entra.

— Qu'est-ce qu'on me veut ? demanda-t-il.

Les deux hommes assis au comptoir lui je-
tèrent un coup d'œil.

— Ça va bien, pruneau. Ne bouge pas de là,
fit Al.

Sam, le nègre, debout et ceint de son tablier,
regarda les deux hommes assis au comptoir.
« Oui, M'sieu », fit-il. Al descendit de son tabouret.

— Moi, je vais dans la cuisine avec le nègre
et le petit loustic numéro deux, fit-il. Rentre
dans ta cuisine, pruneau. Toi, tu vas avec, petit
loustic.

Le petit homme entra dans la cuisine derrière
Nick et Sam, le cuisinier. La porte se referma
sur eux. Le nommé Max resta assis au comptoir,
devant Georges. Il ne regardait pas Georges,
mais la glace qui s'allongeait derrière le comptoir. Henry's était un bar avant d'être trans-
formé en restaurant.

— Eh bien, petit loustic, fit Max, les yeux au
miroir. Pourquoi que tu ne dis rien ?

— Qu'est-ce que c'est que toute cette histoire ?

— Eh, Al, appela Max, le petit loustic qui

veut savoir ce que c'est que toute cette histoire!

— Pourquoi que tu ne lui dis pas? fit la voix d'Al dans la cuisine.

— Qu'est-ce que tu crois que c'est, que cette histoire?

— Je ne sais pas.

— Tu dois avoir une idée?

Max ne quittait pas le miroir des yeux tout en parlant.

— J' voudrais pas la dire.

— Eh, Al, le petit loustic dit comme ça qu'il voudrait pas dire quelle idée qu'il a de cette histoire.

— J'entends bien, fit Al de la cuisine. Il avait calé avec une bouteille de sauce tomate le guichet qui permettait de passer les plats de la cuisine dans la salle du restaurant. Écoute, petit loustic, fit-il à Georges de la cuisine. Mets-toi un un peu plus loin sur le comptoir. Toi, Max appuie un peu à gauche.

Il avait l'air d'un photographe qui pose un groupe.

— Cause-moi donc, petit loustic, fit Max. Qu'est-ce que tu crois qui va se passer?

Georges ne souffla mot.

— Je vais te le dire, moi, fit Max. On va tuer un Suédois. Tu connais un grand Suédois qui s'appelle Ole Andreson.

— Oui.

— Il bouffe ici tous les soirs, pas vrai?

— Des fois.

— Il vient à six heures, pas vrai?

— Quand il vient.

— On le sait, petit loustic, dit Max. Cause-moi d'autre chose. Tu vas quéquefois au cinéma?

— Des fois.

— Tu devrais y aller plus souvent. Le cinéma, c'est bath pour un type dans ton genre.

— Pourquoi que vous allez tuer Ole Andreson? Qu'est-ce qu'il vous a fait?

— Y n'a jamais eu l'occase de rien nous faire. Y nous a même jamais vus.

— Et y nous verra qu'une fois, fit Al dans la cuisine.

— Alors, pourquoi que vous allez le tuer? demanda Georges.

— On va le tuer pour rendre service à un poteau, petit loustic.

— Ta gueule, fit Al dans la cuisine. Tu causes trop, bouffi.

— Ben quoi! faut bien le distraire, le petit loustic. Pas vrai, petit loustic?

— Tu causes trop, je te dis, fit Al. Le pruneau et mon petit loustic à moi, ils se distrayent tout seuls. Je les ai ficelés comme une paire de copines au couvent.

— On croirait que tu y as été, au couvent.

— Qu'est-ce que t'en sais?

— Alors, c'était dans un couvent à youpins. Voilà ce que c'était.

Georges consulta l'horloge.

— Si quéqu'un s'amène, tu y diras que le cuistot il est de sortie, et s'il insiste, tu y diras que tu vas dans la cuisine pour lui faire son manger toi-même. T'as saisi, petit loustic?

— Ça va bien, fit Georges. Qu'est-ce que vous nous ferez, après?

— Ça dépend, dit Max. C'est une de ces choses qu'on ne peut pas dire d'avance.

Georges regarda l'horloge. Il était six heures et quart. La porte du restaurant s'ouvrit. Un wattman de tramway entra.

— Hello, Georges, fit-il. On peut croûter. ?

— Sam est sorti, fit Georges. Y sera de retour dans une demi-heure.

— Alors, je suis obligé d'aller ailleurs, dit le wattman.

Georges regarda l'horloge. Elle marquait six heures vingt.

— T'as bien dit ça, petit loustic, fit Max. T'es un vrai petit gentleman.

— Y savait que je lui ferais sauter le caisson, dit Al dans la cuisine.

— Non, dit Max. C'est pas ça. Le petit loustic est gentil tout plein. C'est un bon petit gars. Moi, y me botte.

A six heures cinquante-cinq, Georges dit :

— Y n' viendra plus.

Dans l'intervalle, deux autres clients étaient entrés dans la salle. Une fois, Georges était allé à la cuisine pour préparer un sandwich au jambon et aux œufs qu'on voulait emporter. Dans la cuisine il avait vu Al, le melon sur la nuque, assis sur un tabouret à côté du guichet, un fusil de chasse aux canons rognés appuyé sur l'allège. Nick et le cuisinier étaient dos à dos dans un coin, une serviette attachée sur la bouche. Georges fit cuire le sandwich, l'enveloppa de papier huilé et le mit dans un sac. Puis il sortit avec. Le client s'en alla après avoir payé.

— Le petit loustic y sait tout faire, dit Max. Y sait cuisiner, y sait tout faire. Tu feras le bonheur d'une gonzesse, petit loustic.

— Pas possible ? fit Georges. Votre copain, Ole Andreson, y ne viendra plus.

— On va lui donner dix minutes, fit Max.

Max guettait le miroir et l'horloge. Les aiguilles de l'horloge marquèrent sept heures, puis sept heures cinq.

— Allons-nous-en, dit Max. Vaut mieux s'en aller. Y ne viendra plus.

— Autant lui donner encore cinq minutes, fit Al dans la cuisine.

Pendant ces cinq minutes, un homme entra, Georges lui expliqua que le cuisinier était malade.

— Alors, pourquoi que vous ne prenez pas un autre cuistot ? demanda l'homme. C'est y donc que vous ne tenez pas un restaurant ?

Il s'en alla.

— Mettons-les, Al, dit Max.

— Et les deux petits loustics et le pruneau ?

— Ils ne causeront pas.

— Tu crois ça, toi ?

— Sûr. Nous, on a fini.

— Moi, j'aime pas ça. C'est pas de l'ouvrage bien faite. Tu causes trop.

— Oh ! et puis merde ! dit Max. Faut bien se distraire, pas vrai ?

— C'est égal, tu causes trop, fit Al.

Il sortit de la cuisine. Les canons raccourcis du fusil faisaient un léger renflement sous son pardessus trop étroit. Il arrangea son pardessus avec ses mains gantées.

— A la revoyure, petit loustic, dit-il à Georges. Tu peux dire que t'es verni.

— Ça, c'est la vérité vraie, fit Max. Tu devrais jouer aux courses, petit loustic.

Les deux hommes sortirent. Par la vitre, Georges les regarda passer sous le réverbère et traverser la rue. Avec leurs pardessus étroits et leurs melons, ils avaient l'air d'une paire de comiques de music-hall. Georges poussa la porte battante et entra dans la cuisine. Il délia Nick et le nègre.

— J'ai mon compte, fit Sam le cuistot. Moi, j'ai mon compte, voilà ce que je dis.

10

Nick se redressa. C'était la première fois qu'on lui mettait une serviette dans la bouche.

— Dites donc, fit-il, en voilà une histoire!

Il essayait de crâner.

— Ils voulaient tuer Ole Andreson, dit Georges. Ils comptaient lui tirer dessus quand il entrerait.

— Ole Andreson?

— Sûr.

Le cuistot tâta les commissures de ses lèvres avec ses pouces.

— Y sont partis tous les deux? demanda-t-il.

— Ouais, fit Georges. Ils sont partis.

— J'aime pas ça, dit le cuistot. J'aime pas ça du tout du tout.

Georges se tourna vers Nick.

— Dis donc. Tu ferais bien d'aller voir Ole Andreson.

— Bon.

— Vous feriez bien mieux de ne pas fourrer le nez dans cette histoire, fit Sam le cuistot. Vous feriez bien mieux de rester le plus loin possible de cette histoire.

— N'y va pas si tu n'y tiens pas, fit Georges.

— Ça vous rapportera rien de bon, fit le cuistot. Ne vous en mêlez pas, c'est mon avis.

— J'y vais, dit Nick s'adressant à Georges. Où c'est qu'il habite?

Le cuistot tourna le dos.

— Les jeunes gens, ça sait toujours les choses mieux que personne, fit-il.

Georges dit à Nick.

— Il habite dans le garni Hirsch.

— J'y vais.

Dehors la lampe à arc brillait à travers les branches nues. Nick suivit les rails du tramway et tourna au réverbère suivant dans une rue latérale. Le garni Hirsch était la troisième maison de la rue. Nick gravit les deux marches et poussa le bouton de sonnette. Une femme parut sur le seuil.

— Ole Andreson est là?

— Vous voulez le voir?

— Oui, s'il est là.

Nick suivit la femme au premier et jusqu'au fond d'un corridor. Elle frappa à la porte.

— Qui va là?

— C'est quelqu'un pour vous voir, Mister Andreson, fit la femme.

— C'est moi, Nick Adams.

— Entrez.

Nick ouvrit la porte et entra dans la chambre. Ole Andreson était étendu, tout habillé, sur son lit. Ancien poids lourd, il était trop long pour le lit. Il était couché, la tête sur deux oreillers. Il ne regarda pas Nick.

— Qu'est-ce qu'il y a? demanda-t-il.

— J'étais chez Henry's, dit Nick, deux types sont entrés et m'ont attaché, moi et le cuistot, et ont dit qu'ils allaient vous tuer.

Ç'avait l'air bête, ce qu'il disait. Ole Andreson ne dit mot.

— Ils nous ont planqués dans la cuisine, reprit Nick. Ils comptaient vous tirer dessus quand vous entreriez pour dîner.

Ole Andreson regardait le mur et ne disait rien.

— Georges a dit comme ça que je ferais bien de venir vous prévenir.

— J'y peux rien, fit Ole Andreson.

— Je vas vous dire comment ils sont.

— Je veux pas le savoir, dit Ole Andreson. Il regardait le mur. — Merci tout de même d'être venu me dire ça.

— Oh! de rien.

Nick regardait le grand corps étendu sur le lit.

— Vous voulez que j'aille prévenir la police?

— Non, répondit Ole Andreson. Ça ne ferait aucun bien.

— Je peux rien faire pour vous?

— Non. Personne ne peut rien faire.

— Peut-être c'était du bluff?

— Non. C'est pas du bluff.

Ole Andreson se retourna vers le mur.

— La seule chose, fit-il, parlant vers le mur, c'est que je peux pas me décider à sortir. Je suis resté dedans toute la journée.

— Vous pourriez pas quitter la ville?

— Non, dit Ole Andreson. J'en ai marre de cavaler comme ça.

Il regardait le mur.

— Et puis y a rien à faire.

— Vous pourriez pas arranger ça?

— Non. Je m' suis mis dans mon tort.

Il parlait toujours de la même voix plate.

— Y a rien à faire. Dans quéque temps je m' déciderai à sortir.

— Alors, moi, je retourne chez Georges, fit Nick.

— A la revoyure, fit Ole Andreson. Il ne regarda pas dans la direction de Nick. — Merci encore d'être venu.

Nick sortit. En refermant la porte, il vit Ole Andreson, tous ses vêtements sur le corps, qui regardait le mur.

— Il est resté toute la journée dans sa chambre, lui dit en bas la logeuse. Pour moi, il ne se sent pas bien. Je lui ai dit comme ça : Mister Andreson, vous devriez sortir vous promener un peu par cette belle journée d'automne, mais ça lui disait rien.

— Y veut pas sortir.

— Je regrette qu'il se sente pas bien, dit la femme. C'est un homme tout ce qu'il y a de comme il faut. Il était dans le ring, vous savez.

— Je sais.

— On le dirait jamais, sauf à voir la façon dont il a la figure amochée, fit la femme. Ils causaient contre la porte de la rue. Elle ajouta : Il est doux comme un agneau.

— Alors, bonne nuit, Missis Hirsch.

— Je ne suis pas Missis Hirsch, dit la femme. Elle, c'est la patronne. Moi, je suis seulement celle qui s'en occupe pour elle. Je suis Missis Bell.

— Alors, bonne nuit, Missis Bell.

— Bonne nuit, fit la femme.

Nick suivit la rue obscure jusqu'au coin, sous la lampe à arc, puis les rails du tram jusqu'à Henry's. Georges était derrière le comptoir.

— Tu l'as vu ?

— Oui, dit Nick. Il est dans sa carrée et ne veut pas sortir.

Le cuistot ouvrit la porte en entendant la voix de Nick.

— J' veux même pas écouter, fit-il, et il referma la porte.

— Tu lui as dit ? demanda Georges.

— Sûr. J'y ai dit, mais y sait bien de quoi y retourne.

— Qu'est-ce qu'y va faire ?

— Rien.

— Ils auront sa peau.

— Ça m'en a tout l'air.

— Il a dû se compromettre dans une sale histoire à Chicago.

— Ça m'en a tout l'air.

— C'est pas drôle.

— C'est dégueulasse, fit Nick.

Ils ne dirent plus rien. Georges se baissa, ramassa une serviette et essuya le comptoir avec.

— Je me demande ce qu'il a bien pu faire, reprit Nick.

— Il a donné quelqu'un. C'est pour ça qu'ils tuent les gens.

— Moi, je quitte le pays, fit Nick.

— Oui, fit Georges, c'est la chose à faire.

— Je peux pas supporter l'idée qu'il est là, dans sa carrée, sachant qu'on va le tuer. C'est trop affreux.

— Alors, dit Georges, vaut mieux ne pas y penser.

DU MÊME AUTEUR

Impression Bussière à Saint-Amand (Cher),
le 26 août 1991.
Dépôt légal : août 1991.
1ᵉʳ dépôt légal dans la collection : avril 1973.
Numéro d'imprimeur : 2497.
ISBN 2-07-036280-9./Imprimé en France.